說給我的孩子聽系列　**面對人生的10堂課**

說給我的孩子聽系列　**面對人生的10堂課**

面對人生的10堂課

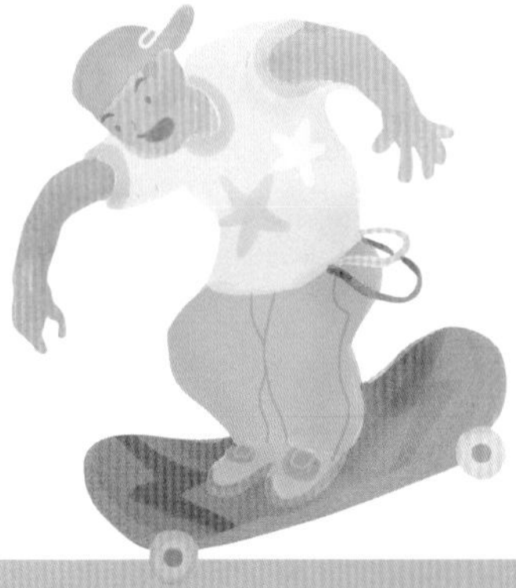

身心健康

出版序

學校沒有教的事，讓我們說給孩子聽

有好多事，我們想說給孩子聽。

教改實施後，升學壓力仍在，許多家長雖然於心不忍，卻還是得讓孩子面對激烈的學習競爭。「不能輸在起跑點上。」我們常這樣叮嚀孩子，但看到孩子拖著疲累的步伐趕赴學校、補習班，看到孩子的眼神不再有熱情和渴望，對自己失去信心，我們還能說服自己，這一切都是爲他們好嗎？

記得有個朋友曾聊起他的兩個兒子。他的大兒子功課很好，從進小學到畢業，都是第一名；小兒子調皮好動，功課總是吊車尾。他和他太太覺得，上天已經給了他們一個優秀的兒子，如果要求兩個孩子一樣好，那就太貪心了。既然小兒子不是讀書的料，他們對他的教育一向是「快樂就好」，讓他自由參加活動、發展興趣，從不逼他讀書。

上國中後，有一天，小兒子的導師打電話給他：「你兒子的智力測驗全班最高，功課卻很不好，我教書二十多年，從沒見過這種情形。」熱心的導師鼓勵他小兒子讀書，從此成績開始進步，後來考上醫學院，當了醫師。

原來，他小兒子是自覺比不上哥哥才不想唸書。由於父母沒給壓力，他得以自由發展，一直過得很快樂。朋友相信，就算他小兒子功課一直不好，考不上好學校，這種樂觀的態度也會跟著他，使他一生都受益！

聽了這段往事，讓我感觸很深，我想我們做父母的有必要重新思考，什麼樣的教育對孩子最有益？哪些人生建議能眞的幫助他們成長？

其實，教育最初的目的，是幫助一個人了解自己、發展自己，並能在生活中實際參與及互動。讀書考試之外，還有好多我們必須天天面對的事：

金錢——建立正確的金錢觀念，創造價值

時間——培養正確的時間觀念，把握分秒

個體與群體——認同群體，發展自我

溝通與表達——說自己想說的話，與世界相連

興趣與志向——做自己想做的事，發揮所長

身心健康——愛護身體，學習保健之道

生與死——了解生命的價值，體會生命的祝福

邏輯與智慧——提升思考能力，擴展人生格局

對台灣的愛——深化對家鄉的認同與感情

未來生活——展望未來，有自信面對未知的變化

這些事，在教科書裡找不到，考試也不會考，卻與人生幸福息息相關，需要我們說給孩子聽！這些事，就編寫在《說給我的孩子聽——面對人生的10堂課》裡，是您給孩子最好的禮物！每個主題都包含多則小故事，在孩子探索的過程中，您的陪伴將給他們信心，您的分享能減少他們的摸索——每則故事後還附有延伸問答，您和孩子可以輕鬆開啟話匣子，分享彼此的想法。

多麼希望在自己年輕時，也有這樣一套書來說給我們聽，減輕我們人生路上的徬徨與不安。早知道，早幸福，總有一天，孩子也跟我們一樣要面對真實的世界，相信有了這10堂課，他們對未來會更有信心！

簡志忠

身心健康

前言
最容易被遺忘的祕密

人們往往喜歡把簡單的事情弄得很複雜，例如健康。

訪問過幾位醫師，發現維護健康的方法其實很簡單，不外乎攝取均衡的飲食、保持運動的習慣、維持正常的作息、建立積極樂觀的人生態度。相信大家都同意，健康是可以養成的，疾病也多半可以預防，但許多人似乎不想擁有健康：

飲食方面——喜歡的東西就多吃，不喜歡的東西就少吃、甚至不吃。飲食講究色香味，不管它是否太甜、太鹹、太油，或是摻了大量人工添加物。

運動方面——寧可坐在電視機前面看別人運動，也不願起身到公園裡去散散步。

作息方面——長時間工作或玩樂，不給身心適度的休息。常常熬夜晚睡，然後再花錢對抗黑眼圈和疲勞。

其實我們早就知道，有了健康，才可能追求更多的成就；有了健康，才可能享受自己開創的人生。我們早就知道，要走得更遠、看得更多更廣，需要健康的身心來支持。然而這麼清楚、明確的道理，我們卻常常選擇忽視、遺忘它！

如果我們輕忽自己的健康，孩子又怎會學到正確的保健之道呢？在孩子小的時候，父母多半很慎重，孩子一有不舒服就立刻處理，也會留意他們的飲食、運動、作息是否正常，希望孩子成長發育得比人強。但是漸漸地，標準開始放寬了——我們給孩子吃熱量高卻營養不均衡的速食和零食；我們讓孩子熬夜、晚睡，放任他們長時間「駐守」在電視機、電腦前……

有一則營養食品的廣告這麼說：「身體聽你的，世界也會聽你的。」相信許多人都深有同感，而《面對人生的10堂課——身心健康》就是基於這樣的理念而編輯的。透過三十則生動有趣的小故事，描寫生活中常見的身心健康課題，而每則故事之後，更編寫耐人尋味的問答，藉由小朋友和大朋友的對話，提示多元的觀點，也讓親子有延伸討論的空間。

年輕人活力充沛，有用不完的精力，只要能善加維護，必定是未來人生的雄厚資本！

感謝莊雅惠醫師、陳家恩醫師、堂娜小姐，在書中與讀者分享自己維護健康的經驗和建議，也感謝復健科陳昱芩醫師提供臨床經驗作爲故事題材。

健康讓青春更飛揚

運動後滿身大汗，真是太痛快了！

女生的生理期，是什麼樣的感覺啊？

為什麼看色情書刊會讓人興奮？

哎，我的臉上長滿痘痘，好自卑哦……

同學都去穿耳洞了，我也好心動！

誰能拒絕零食的誘惑呢？

肚子餓吃宵夜，會有什麼後遺症？

我只是不吃青菜而已，有那麼嚴重嗎？

別再叫我白斬雞！

要活就要動，強健好體魄

「鈴—鈴—」鬧鐘響起，小方翻了個身，把鬧鈴按掉，繼續呼呼大睡。

「小方，起床囉！」阿姨「元氣」十足的聲音從房門口傳來。

「阿姨？」小方揉揉惺忪的雙眼，「妳怎麼又來啦？」

「今天是星期天，我們一起去運動吧，不要再賴床了！」在阿姨熱情的催促下，小方從被窩裡慢吞吞的起身，洗臉、刷牙，然後換上運動衣。

阿姨每個星期天早上都來找小方一起運動，因為她聽小方的媽媽說，小方一到假日就睡到中午才起床，常常一副無精打采、懶洋洋的樣子，沒有年輕人該有的活潑朝氣。

「小方，你都沒發現嗎？你的臉色蒼白，好像白斬雞哦！」看小方一臉沒睡醒的樣子，阿姨半開玩笑的說。

「運動多無聊，又累，又會流汗。」小方說。

不想運動，還怕找不到理由嗎？阿姨沒理他，直接拉他到公園。

一到了公園，哇！沒想到星期天早上的公園這麼熱鬧：有人打太極拳，有人跳土風舞，也有人在慢跑、打羽毛球。

「奇怪，怎麼會有這麼多人喜歡早起運動？」小方一面跟著阿姨做暖身操，一面看著四周正在運動的人群。

「小方你看！那位打太極拳的爺爺，看起來氣色多好！」阿姨不斷循循善誘，「還有那位正在慢跑的帥哥，年紀跟你差不多吧！他的體格好棒哦，一定有很多女孩子欣賞他。」

說到這個，小方突然想起，上次校際籃球聯賽時，他暗戀的那個隔壁班的美珍，一直待在籃球場替校隊隊員陳建志加油，讓他心如刀割！但他轉念一想：「哼！體格強壯是很吃香，不過不運動也沒罪啊！何況我還有很多其他的優點呢！」

小方跟著阿姨繞公園跑了兩圈之後，停下來休息。

「呼，好累哦！」小方上氣不接下氣。

「才跑兩圈就累成這樣。」阿姨繼續接著說：「要不要加入我的『保證班』，只要每個星期天早上都跟我來運動，包準沒多久你就能像運動明星那麼強壯，成爲女生的『偶像』！」

「偶像……」小方又想到美珍和陳建志，這眞是他心裡的痛。「難道白斬雞就一定沒人愛嗎？」他愈想愈不甘心，突然站起來：「好！阿姨，就聽妳的，以後我每天早上都要來公園跑一圈再去上學。」

阿姨半信半疑的說：「說到要做到哦！我一個月後來『驗收』。」

不到一個月，小方迫不及待的打電話給阿姨。

「阿姨，妳以後不可以再叫我白斬雞了，我現在可是『猛男』囉！」

阿姨很意外，小方的改變怎麼會這麼快？

「一定有女孩子在注意你了，對不對？」

「沒有啦！其實我參加了學校的體育社，認識了很多喜歡運動的朋友，我們現在每個星期天都要去學校打籃球。」小方笑著說：「以後我不能和阿姨一起慢跑了，但是歡迎妳來欣賞我在球場上的英姿！」

阿姨很高興，她終於讓這顆「頑石」自己動起來了。

（吳立萍）

不運動，身體一定會比較差嗎？

這沒有一定的答案，但運動或多活動，對身體絕對利多於弊。運動可以促進身體的新陳代謝、增強免疫力，體力、精神、氣色都會比較好。如果能呼朋引伴一起運動，還可以增進彼此的情感、培養默契及團隊合作的精神。

我爺爺七十歲了，身體還是很硬朗，或許這是因為他每天早上到公園運動的關係。

很有可能！其實年輕時的體能狀況最好，如果能養成運動的習慣，便能儲備更多的體力及健康資本，將來也可以像爺爺這麼健康哦！

神祕的「大姨媽」

體諒女性生理期現象

最近湘湘都不跟小傑玩了！

以前下課的時候，大家常常結伴去操場打躲避球，可是最近很奇怪，班上女生總是黏在一起講悄悄話，還常常把書包集中在一起交換東西，不知道在交換什麼？

前幾天，隔壁六年丁班的凱祥來邀小傑打躲避球。小傑一口答應，並立刻召集人馬。可是平時總是第一個報名的湘湘，居然說她不要去，因爲她身體不舒服。

「妳哪裡不舒服啊？」粗心的小傑沒看出湘湘的臉色發白，「來啦！我們今天一定要讓凱祥他們好看！」

湘湘不知道要怎麼跟小傑說她「生理痛」。小美聽到了，對小傑說：「湘湘身體不舒服，你不要勉強她。」

這關小美什麼事啊？小傑不理她，想拉湘湘起來，沒想到小美和另外幾個女生立刻圍了過來，小傑只好生氣的走了。

「莫名其妙！」以前吆喝要玩躲避球，很多人都搶著要參加，現在怎麼變了？小傑帶著幾個男生到操場，還沒開口抱怨，凱祥先說了，原來他們班的女生也不跟他們玩了，因爲她們有祕密！

「什麼祕密？」大家聽了都很感興趣。

「就是『那個』啊！」凱祥一臉神祕兮兮的樣子。

「哪個？」

「就是『大姨媽』啊！」凱祥說出這三個字，自己也覺得很新鮮，「聽說女生每個月都會有一次『大姨媽』。」

「那是月經的暗號啦！女生每個月月經的時候都會流血。」阿光好像猶豫了很久才開口說：「『大姨媽來了』，就是月經來的意思。」阿光說這是他大姊告訴他的。

「會流很多血嗎？」小傑問：「是不是因爲這樣，所以身體才不舒服？」

「我聽說女生『大姨媽』來的時候脾氣會變得很差，還要吃『蘋果麵包』！」凱祥說他常看到女生在交換「蘋果麵包」。

「不是蘋果麵包啦！」阿光連忙糾正，「應該是『衛生棉』才對。」

「就是電視廣告上的衛生棉哦……」小傑從來沒搞懂，衛生棉到底是做什麼用的。

過了幾天，小傑跟小美在打掃的時候吵了起來，小傑脫口而出：「妳該不是大姨媽來了吧？」

小美聽了，很不高興的說：「你怎麼可以這樣說？」

「我聽說女生的大姨媽來了，脾氣會變差。妳現在脾氣那麼差，一定是大姨媽來的關係！」小傑說。

「關你什麼事？」

兩個人就這樣吵了起來！有同學看到，便去報告老師。

「爲什麼吵架？」吳老師問。

「嗯……」吳老師是男生，小美不好意思說。

「老師，小美的大姨媽來了，脾氣不好。」小傑說。

吳老師聽懂了，對小傑說：「月經是每個女生都會有的生理現象，不只是班上的女同學會有，每個人的媽媽、姊姊、妹妹，從青春期開始都會有月經。有時候月經會造成身體不舒服，你要體諒她們，更不可以嘲笑她們。」

「眞的有那麼不舒服嗎？難道連躲避球也不能打？」小傑問。

「我不是女生，我不知道。」吳老師笑著說：「可是既然女同學們已經說不舒服了，何不體諒她們？」

吳老師知道小傑還是有疑惑，但是他自己所知也不多，便請保健室的王老師來爲全班講解，讓女生和男生一起來認識「大姨媽」。（吳書綺）

當女生眞的好麻煩，大姨媽來的時候，不但要用「蘋果麵包」，身體還會不舒服。

女生開始有月經，表示身體的構造成熟，開始有生育的能力。有生育的能力，未來才能繁衍下一代。正因爲這樣，媽媽才能生下我們啊！雖然

每個月會帶來不方便，但只要處理得好，並不會影響日常的作息。

為什麼有些女生月經來時，會特別不舒服？

開始有月經的前兩年，由於身體的機能還沒完全成熟，容易有月經不規則、不正常出血等現象，另外功課壓力等因素也會導致生理期不適。這跟每個人的體質有關，所以要小心照料自己。像已經上班的女性，每個月也享有政府規定的「生理假」一天，就是爲了體貼女生呀！

身陷黃色羅網的小峰

改正過度手淫的習慣

「小峰，『好康耶』帶了沒？」

「有啦！在書包裡，放學後再到阿比家看。」

自從上了國中之後，小峰的個頭長高了不少，已經從小男孩漸漸蛻變成「青春少年兄」。小峰就讀的學校是男女分班，他平常接觸的都是一群年紀相仿的男同學。這個年齡的男生，對異性特別好奇，總是喜歡開隔壁班女同學的玩笑，不然就是聚在一起說些黃色笑話。小峰當然也不例外。

前陣子，有個男同學神祕兮兮的拿了幾本書來學校，說「好東西要和好朋友分享」，結果小峰和幾個同學拿來看了，才曉得這是人們所說的「限制級」書刊，裡頭盡是一些暴露猥褻的清涼照片。大家看得目瞪口呆，也大開眼界，彷彿不小心揭開了成人世界的面紗，覺得既新鮮又刺激。

傳看了一陣子之後，新鮮感消失了，大家都想吸收更新的「資訊」，於是約定輪流去買最新的黃色書刊，再帶到學校讓大家傳看。

小峰也跟大家一樣，把每個月存下來的零用錢拿去買黃色書刊，再偷偷帶到學校去和同學「分享」。放假的時候，三五好友還會聚在某個同學的家中，一起看養眼的VCD。

受到這些清涼照片和VCD的影響，正值青春期的小峰漸漸對異性產生了無限的遐想，不但夜晚睡夢中經常出現女性裸露誘人的身軀，性方面的幻想更是與日俱增。爲了滿足原始的性衝動，小峰開始有了手淫的習慣。

手淫暫時滿足了小峰性方面的綺想，在學校裡幾位血氣方剛的男同學私下聊起來，有的人還把手淫當做是「轉大人」的一種指標，根本不當一回事，甚至還有人吹噓自己的能力多強，宣稱「一夜能好幾發耶！」

但是時間久了，沒有節制的手淫習慣漸漸對小峰的日常生活造成了負面的影響：上課時他注意力不集中、精神萎靡，平時也容易覺得疲累、記憶力衰退。雖然小峰擔心自己是否手淫過度，心裡也不免有罪惡感，但是卻無法擺脫誘惑。

有一次，媽媽要替小峰洗床單，掀開枕頭時，發現了好幾本沒藏好的黃色書刊。媽媽覺得小峰最近精神萎靡，很可能跟過度沉迷黃色書刊及手淫有關，於是找爸爸商量對策。

他們決定先不和小峰直接討論這件事，以免小峰覺得父母在責備他，但是他們開始抽出更多時間陪小峰聊天，鼓勵小峰多從事休閒運動，如打籃球、游泳等，希望藉由小峰喜歡的運動，減少他對黃色書刊的注意力，也幫助他宣洩多餘的精力。

爸爸也開始找適當的時機，和小峰聊一些性知識和兩性關係，也把自己青春期的一些過來人經驗分享給小峰聽。小峰逐漸了解爸媽的用意，也知道過度的手淫其實會傷害身體，所以就漸漸的減少這種習慣，也不再沉迷於黃色書刊了。

經過這段時間的嘗試和摸索，小峰又是個健康、充滿活力的「青春少年兄」囉！

（王一婷）

我們班上的男同學也會傳閱情色書刊耶！因為大家對性都很好奇！

對性感到好奇是大多數成熟男女都會有的正常反應，但是黃色書刊和養眼的ＶＣＤ，內容所傳播的兩性關係都是扭曲的，和現實生活多半有差距。我們需充實的，應該是正確的性觀念才對。

手淫是見不得人的事嗎？

與性有關的事，往往牽涉到個人的隱私，因此通常不宜公開討論，但這並不表示性是汙穢、有罪的。男生從青春期開始會有性衝動，大多數人偶爾會有手淫的行爲，只要不過度，並不會造成身體的傷害，最重要的是，對手淫要有自我控制的能力。

不想當唯一的醜小鴨

對付青春痘，心態很重要

妮妮最近變漂亮了！本來她的臉上長了很多青春痘，可是最近青春痘卻消失了一大半。

一大堆女生正圍著妮妮，向她打聽治療青春痘的祕方，秀珍也趕緊湊過去聽個仔細。

「妳是不是擦了什麼特效藥？」也長了不少青春痘的莉美問。

聽妮妮解釋，才知道是她媽媽帶她去看皮膚科，擦了醫生開的藥，而且又讓她用保養品，青春痘才改善的。

「醫生說，青春痘是自然的生理現象，盡量不要用手去擠，不然會留下疤痕哦！」妮妮好像變成專家了。

「那醫生叫妳用什麼保養品啊？」秀珍跟著問。

妮妮說了幾種品牌的保養品，還提供醫生的電話和地址，好幾個人都說要叫媽媽帶自己去看醫生。

「媽，我們班上那個妮妮的青春痘好很多了哦！」回家後，秀珍迫不及待的跟媽媽報告這件事。

「她去看醫生了嗎？」媽媽一邊準備晚餐，一邊問。

「對啊！她媽媽帶她去看醫生，醫生開了藥給她擦，還教她用保養品，所以就好很多了哦！」秀珍接著說：「媽，那妳也帶我去看醫生好不好？」

媽媽看了秀珍一眼說：「妳的青春痘沒那麼嚴重吧！不必看醫生。等妳長大了，青春痘自然不會長了。」

秀珍有點失望，她的青春痘雖然沒有像妮妮的那麼嚴重，可是也不少哩！如果能讓青春痘消失，那她就是個大美人兒了！她想到妮妮說的保養品，便又跟媽媽說：「媽，那妳的保養品借我用，妮妮說用了保養品，青春痘也會少很多哦！」

沒想到媽媽還是一口回絕她，只說不適合她用。可是秀珍怎麼能不介意呢？萬一大家都去看醫生，把青春痘治好了，那不是只剩她有青春痘，只剩下她這個醜小鴨了嗎？

「我才不要當唯一的醜小鴨呢！」秀珍晚上洗完澡，到爸媽的房間，偷偷的用媽媽的保養品。

秀珍記得，妮妮說要先把「化妝水」倒在「化妝棉」上，然後用濕濕的化妝棉擦臉。化妝棉是什麼？化妝水又是哪一瓶？東翻西找，幸好裝化妝棉的盒子上就寫著「化妝棉」三個字！化妝水大概是像水的那一瓶吧！

秀珍拿起一瓶看起來水水的保養品，倒一些在化妝棉上，然後把化妝棉擦在臉上，果然覺得一陣清涼，很舒服！感覺很有用！說不定明天一早醒來，青春痘就會好一半呢！

正當秀珍陶醉時，爸爸和媽媽進來了，他們問秀珍在做什麼。

「我在用媽媽的化妝水啊！媽，好像很有用哦！我覺得痘痘好像變小了！」秀珍看著鏡子說。

「不是跟妳說不要太介意嗎？」媽媽說。

「妳從來都不長痘痘，不知道長痘痘有多可憐！」秀珍不服氣的說。

偶爾會長幾顆青春痘的爸爸笑了出來：「那妳是怪我把長痘痘的體質遺

傳給妳囉？」秀珍賭氣的點點頭。

「妳媽媽以前也長很多青春痘！」爸爸好像在揭發祕密似的：「是後來才不長的。」

秀珍不相信，媽媽說：「青春痘是因爲荷爾蒙分泌旺盛，刺激皮脂腺分泌油脂，堵塞毛孔所形成的。許多人都會長青春痘，但是過了青春期，體內荷爾蒙穩定了，就比較不會長了。」

秀珍半信半疑，眞的不必用保養品嗎？

「只要把臉洗乾淨，不擠青春痘，睡眠充足，自然就會少長一些青春痘了。我就是最好的證人啦！」媽媽說。

（吳書綺）

長大以後真的就不會長青春痘了嗎？

當然不是就完全不長了，但就如同秀珍的媽媽說的，會變得比較少，很多人甚至就不長了。不過如果用手去擠青春痘，因爲手上帶有看不見的

Night
Day
Lotion

細菌，很容易造成感染，留下疤痕，長大之後會更明顯哦！

那怎麼辦？我看見青春痘就很想擠耶！

如果眞的要擠，可以用乾淨的棉花棒輕輕擠壓白色膿皰的部分。但最好還是不要去動它，因爲青春痘會自己乾掉、脫落，完全不會留下疤痕的。如果像妮妮那樣長很多、很嚴重，再考慮去找皮膚科醫生治療。

明美變臉記

別讓青春留下傷痕

愛漂亮的明美，對新鮮的事物很有興趣，更熱中流行的裝扮。不過礙於學校對髮型和服裝儀容的規定，她平時只能在放學後玩些小小的變化。

人小志氣高，明美打算國中畢業後去唸職業學校，學習美容和造型，這樣不但可以把自己打扮得美美的，還能擁有一技之長，爲愛美的顧客提供專業的服務。

放暑假了！明美想到終於可以隨心所欲的打扮自己，心中充滿了期待，其實在暑假開始前，她就已經密切注意著今年流行的趨勢。她自己存了一筆錢，爲的就是可以在暑假盡情打扮自己，以滿足她愛美的心，也讓她更接近未來的夢。

「今年夏季流行短而不對稱的髮型，並挑染些亮麗的色彩，眉毛修得纖細而挑彎。」明美仔細閱讀最新一期的流行雜誌，「眼部、臉部和唇都用淡彩粧，然後在耳飾、髮飾和指甲的顏色上做變化，整體造型充滿青春活力……」

明美對著鏡子仔細端詳自己的臉，心想，要怎麼跟上流行的腳步呢？她決定花錢把頭髮剪短，並挑染最流行的顏色。至於臉部，她要自己動手做。

化妝是明美最得心應手的，沒一會兒工夫，她就把自己的臉蛋塗抹得青春洋溢。

「嗯，還不賴嘛！」明美很得意的看著鏡中的自己。

不過，唯一美中不足的是，她只有一個耳洞，而現在最炫的耳飾都需要至少兩個耳洞才能戴。明美決定到鎮上最熱鬧的購物街去選購這一季最流行的耳飾，順便請店員免費幫她穿耳洞。

當天下午，明美喜孜孜的回家，兩耳上各多了三個耳洞，而且已經戴上新買的耳飾了，她完全忘了穿耳洞時的疼痛。

第二天起床，明美覺得耳朵脹脹痛痛的，照鏡一看，簡直不敢相信，耳朵變得又紅又腫！

「怎麼會這樣？」明美記得去年穿耳洞時都沒問題啊！

慌張的明美，趕緊去藥局買了消炎藥膏來塗，希望可以消腫止痛。這一整天她痛得頭昏腦脹，好不容易熬到晚餐時間，她卻吃不下。媽媽這才注意到，女兒的臉和耳朵都脹紅得好厲害，摸摸額頭，好燙啊！用體溫計一量，體溫接近三十九度，明美發燒了。

媽媽帶著明美直奔醫院急診室。醫師看了明美又紅又腫的耳朵，就心裡有數：一定又是個穿耳洞導致發炎的病人。

「暑假到了，像妳這樣的病人還眞不少！」醫師告訴明美，穿耳洞時可別大意，否則一旦發炎，會嚴重流膿，有些人甚至得開刀、留下疤痕呢！還好明美及早治療，只需挨一針，避免了更嚴重的發炎，總算是不幸中的大幸。

這個暑假過得眞無奈，因爲明美的耳朵發炎治療了很久才恢復。洗頭、洗臉、染髮都很不方便，更別說配戴新買的耳飾出門亮相了。（吳嘉玲）

沒想到穿耳洞會引起發炎。

穿耳洞是在耳朵上故意製造一個洞，其實就是製造一個傷口。如果消毒不完全，或是打洞之後傷口受到汙染，都可能引起發炎。爲了安全起見，穿耳洞最好是去美容專業診所，請醫護人員處理。

愛美是女人的天性嘛！有什麼辦法呢？

愛美多半跟改造自己的外表有關，有時輕忽不慎，就會造成對身體的傷害，例如化粧品大多是化學藥劑或生物製品，有些會引起人體的過敏反應。還有些美容品會散發刺鼻的氣味，甚至濃烈得刺激呼吸道，聞久了對身體也不好。

像染髮劑、指甲油以及洗去指甲油的去光水，都會散發令人不適的氣味，在使用這類產品之前，要注意內容成分、出廠日期和有效期限，而且要在空氣流通的場所使用，才不會影響身體健康。

五朵花少女餐團

正常的三餐是健康的基礎

小雅和班上四位女同學因爲愛唱歌、感情好，組成了「五朵花」團體，約好無論做什麼事都要一起行動。開學了，大家坐在樓梯口嘰嘰喳喳聊寒假發生的事。

「寒假有沒有什麼好玩的啊？」小雅問大家。

「別提了，大年初二就去看醫生！」小賢馬上回答。

「妳唱起歌來像一條龍，怎麼也會生病？」麗玲睜大眼睛問。

「胃潰瘍。」小賢說：「醫生說我三餐不正常，加上天氣變化造成的。」

住在小賢家附近，一直沒開口的小婷嚷道：

「小賢生病我才不覺得奇怪！我來作證，有一陣子她爸媽出差，我去她家住，連我都快得胃病了。晚餐隨她高興才吃，今天五點吃，明天九點吃，有時候乾脆睡覺前才吃。早餐因爲晚起也沒得吃，幸虧我的胃超強，不然早就被她虐待得住院了。」

大家難以置信，都把眼光轉向小賢。小賢卻一臉無辜的說：「我爸媽做生意很忙嘛！從國中開始，我的早、晚餐就是這樣，妳們又不是不知道。」說完瞄了一眼在吃豆乾的麗玲，好像想起什麼：「嘿！我看妳大概也差不多了。醫生說有的人雖然三餐正常，不過一下子吃太多，一下子吃太少，身體一樣受不了！」

「才不會哩，羨慕我吧！」麗玲又塞了一口豆乾。

一旁的佳佳對著麗玲說：「妳可別太自信，這個我有親身經驗。一年級時我怕胖、想節食，早餐不吃，午餐只吃餅乾。但到了晚上肚子餓得受不了，又大吃一頓。就這樣暴飲暴食，一年下來不但沒瘦，還得了胃病。」

因爲小賢的胃潰瘍和佳佳的胃病，大家愈聊愈起勁，聊出一堆奇奇怪怪的飲食習慣和身體狀況。

小雅忽然想到，爲了身體健康，何不乾脆一起吃早餐和午餐？既能聯絡感情，又能照顧身體。

「喂，我們來個『五朵花餐團』怎樣？」小雅把她的想法說出來：「從下星期一開始我們輪流，不管是外送、從家裡帶來或自己買，反正要負責準備五人份的早餐和午餐。我們每個人一星期剛好輪一天，然後大家就可以一起吃了！」

「聽起來不錯，這樣就不用自己每天傷腦筋，又可以吃到不一樣的東西。」小婷點頭。

「我也贊成囉！」佳佳也附和。「而且要規定每個人吃完自己的部分，定時定量。」

「有什麼問題，我一定會吃完。」麗玲回答。

「雖然晚餐沒著落，但至少有兩餐正常，我也贊成好了。」小賢好像勉強同意，其實心裡高興得很，因爲她終於可以有早餐吃了。

大家討論得差不多，上課鈴也剛好響起。正當大家準備離開，小賢忍不住加上一句：

「喂，妳們要不要考慮，連晚飯也幫我一起準備？」

大家站起來，一起回頭看著她。

小婷出聲了：「妳等著胃穿孔好了！竟然連晚餐也要我們準備！」大家笑著一哄而散，準備上課去了。（戴淑珍）

一天一定要吃三餐嗎？

三餐正常很重要，也比較不會發胖，因爲在固定時間把胃填滿，就不會貪嘴吃零食。早餐一定要吃，保持腦力充沛的午餐也不能錯過，而一頓輕鬆的晚餐則可以安頓身心。

我正在減肥耶，如果我不暴飲暴食，是不是可以省掉一餐呢？

人體的代謝功能就是減肥最好的生力軍，如果爲了減肥而省略一餐，反而會讓體內的胰島素分泌不均，導致肥胖。想減肥，更要每天吃三餐！

蜜餞黨解散了

零食不能取代正餐

又是新學期的開始。上課的第一天，大家七嘴八舌談論著過年拿了多少紅包、去了哪裡玩，而我卻注意到坐在右前方的方琳一直沒有出現。

上課鐘一響，王老師走進教室，大家立刻安靜下來。「各位同學，今天是開學第一天，但是我要宣布一件令人難過的事。」王老師停了下來，眼光輕輕掃過全班同學，接著說：「方琳同學因爲生病，這學期要暫時休學。」

「怎麼會這樣？」有人驚呼。

「糟了，這下子沒有蜜餞可以吃了。」

「喂，太沒同情心了吧，方琳病了，你只記得她的蜜餞。」

下課後，同學們繼續談論方琳的事，因爲她在班上的人緣非常好。不過，那幾個平時和方琳特別要好的「蜜餞黨」反而出奇的安靜，連我都想念

有方琳在場的熱鬧氣氛。

以前，只要一下課，方琳就會從她的書包裡拿出各種零食——蜜餞、巧克力、餅乾、瓜子、米果，什麼都有，尤其是蜜餞，只要你想得到的種類，她幾乎都有。重要的是她很大方，不吝和同學分享，因此人緣好，班上的男同學還封她爲「蜜餞黨」掌門人——蜜餞公主。

「來，你們看，這是我爸爸從巴黎帶回來的巧克力哦！」

「這是新口味的梅子，好吃得不得了。」

「嗯，這種脆片好酥好香。美美、紅豆、小乖，你們也試試看。」只要方琳在，她的身邊永遠圍繞著一群忠實信徒，而教室也永遠熱熱鬧鬧。

「佳美，妳要不要也來吃吃看。」方琳也常熱心的招呼我。

「不了，謝謝。」我總是這樣回答。

由於媽媽是護士，從小就灌輸我別吃零食的觀念，有時還會做實驗證明給我看，所以我不吃零食。不過我也因此被那群「蜜餞黨」嘲笑，因爲我只要看到她們吃色素含量高的零食，就忍不住開口：「方琳，我媽媽說這種東西色素很多，還有不少防腐劑，最好不要吃。」

「管它，好吃最重要，吃不死妳的啦！」蜜餞黨的紅豆最喜歡嘲笑我。

「我不是怕死，我只是不想吃不健康的東西。」我的辯解往往換來更多的嘲弄。後來大家才知道，方琳就是平常零食吃太多，正餐常沒吃，加上吃進過多的添加物，長久下來，不僅營養失調，肝和膽也嚴重受損。

那天，同學們一起到醫院看望方琳。原本豐腴的方琳瘦了一大圈，雙手插滿了針管，顯得很虛弱。醫生說她至少要調養半年才會康復。

或許是受到方琳事件的影響，我發現大家零食愈吃愈少。「蜜餞黨」這個名號，也逐漸不再有人提起了。

（吳梅東）

既然零食這麼可怕，為什麼大家都在吃呢？

有沒有想過爲什麼吃零食會想「一口接一口」？零食的色香味俱全，讓人垂涎三尺，是因爲裡面常加進許多不利健康的化學添加物，例如人工色素、防腐劑、人工香料，而且有不少零食的製作過程不是很注重衛生，把這些東西吃進身體，會對身體造成很大的負擔。

可是，一邊看電視、一邊吃爆米花和巧克力，實在很享受呢！

是呀，你的嘴巴很享受，卻苦了你的肝、你的胃和心臟。零食常只有熱量而沒有什麼營養，吃零食的人常不知不覺攝取過高的熱量，遠超過身體的需要，這樣一來，不僅容易肥胖，增加心臟和血管硬化疾病的風險，還會影響到正餐，減少吸收其他的營養素而影響發育。

現在小胖子愈來愈多，有的還發現有心臟病，甚至中風，這是不是吃零食得來的？

有可能。因爲吃零食的人也往往有不吃正餐、營養不均衡的問題，很容易因爲攝食了過多熱量而發胖。許多零食被稱做「垃圾食物」，眞是一點都沒錯。

原來是宵夜惹的禍

吃宵夜會妨礙睡眠

「已經連續兩次了，我應該找他談一談才對。」我看了手上的試卷，不相信的搖了搖頭。

很奇怪，洪明一向是用功的好學生，從來都考前五名，可是這次寒假過後，他竟然變了，不但經常遲到、上課打瞌睡，還連續幾次考試掉到二十名之外。我很擔心，是不是他家裡發生了什麼變故。

「喂，你的寶貝學生洪明這學期好像變胖了，而且看起來很沒精神哦！」前幾天和隔壁班的林老師聊天時，她突然冒出這句話。沒想到連她都發現洪明的改變。

放學後，我要洪明到辦公室找我。看到他明顯虛胖的身軀走進辦公室時，我心裡有點惋惜：「以前小帥哥的模樣到哪兒去了？」

「老師好。」洪明低著頭打招呼。他這樣的態度，更加讓我相信他家一定發生了事情。

「是爸爸經商失敗，還是媽媽生了重病呢？」我一邊猜原因，一邊想著如何開場白。

我輕咳了兩聲，才溫和的對他說：「來，洪明，你先坐下。告訴老師，你……爸爸媽媽最近好嗎？」

「好啊！」洪明抬起頭看了我一眼，但很快又低下頭去。

「很好？怎麼可能？」我心裡打了個大問號，繼續說：「洪明，家裡要是有什麼事，你可以告訴老師。老師不見得幫得上忙，但我可以找大家一起想辦法。」

洪明一臉茫然，睜大眼睛看著我說：「老師，我們家很好呀，你到底想問什麼？」

這下換我錯愕了。不過，事情還是要弄清楚，這次我只好單刀直入，不再迂迴問話了。

「好，那你告訴我，你這學期為什麼功課退步這麼多？」

洪明想了幾秒鐘，才說他自己也不知道爲什麼會這樣，因爲他和上學期一樣，每天回家都花不少時間溫習功課，但是隔天早上卻爬不起來，而且記憶力變差，體力也不如以前了。

爲了找出原因，我給了洪明一個特別的作業：「從今天開始，你把每天回家後的作息記錄下來，一個星期後交給我。」我又補了一句話：「記住，每一件事都要交代清楚哦！」

一個星期後，洪明把作業交給我，內容十分詳細，連晚餐吃些什麼都有寫。根據洪明的報告，他每天晚上至少花三個小時做功課。

「照理說，成績不應該退步啊？」我搖了搖頭，百思不解。

「王老師，看情書對不對，這麼專心。」又是林老師，她最愛取笑我了。

「這是洪明的作息報告，我想查出他爲什麼功課會退步。」我說。

「作息報告，有趣，我也瞧瞧。」林老師好奇的探過頭來，看不到三分鐘她就開口說：「難怪洪明會變胖，你看他，每天睡覺前不是吃泡麵，就是吃吐司。」

「林老師，謝謝妳，妳眞是一語驚醒夢中人。」

POTATO

於是我便和洪明約法三章，要他絕對不能吃宵夜。兩個月後，洪明不僅功課回到前五名，人也變回以前那個小帥哥的模樣了。（吳梅東）

任何動物都需要在睡覺時讓身體充分休息，人也不例外。

可是洪明又沒有不睡覺。

問題是他睡前吃太多東西。一般我們吃進去的食物要三、四個小時才能消化，吃了宵夜，本來應該休息的腸胃就得「加班」，等於沒有休息，睡眠品質自然不好。除了睡不好、上學容易遲到，還會整天無精打采，學習能力和記憶力也受到影響，怪不得功課退步了。

明輝的彩色便當

吃得健康就不必再進補

今天小豪又拿著一袋速食店的漢堡早餐來，明輝忍不住羨慕的對小豪說：「哇，你今天又吃速食店的漢堡哦？」

「我媽媽說在外面買早餐比較方便，而且速食店的漢堡很好吃啊！」小豪說。的確，速食店的漢堡味道眞的好香哦！

吃完了早餐，小豪從書包裡拿出一個小罐子，倒出一顆黃色的藥丸，配水吞下去。

「你在吃什麼藥啊？」明輝好奇的問小豪。

「這是綜合維他命。」小豪說：「我媽媽說每天要補充多種營養素，可以更有精神，身體也更強壯！」

天天吃速食店的漢堡，再加上一顆維他命，小豪眞幸福！大家聽了都好羨慕，尤其是明輝，因爲他媽媽是家庭主婦，每天都會煮三餐給家人吃，還幫明輝帶便當，所以明輝很少吃速食店的漢堡。

明輝放學回家，奶奶要明輝去廚房吃他愛吃的四神湯。明輝一邊吃，一邊跟媽媽說小豪的事，奶奶聽了不以爲然的說：「那種維他命有什麼好吃的？我煮的四神湯、香菇雞湯才眞正可以補身體！」媽媽也說她煮的菜已經很有營養了，只要明輝不挑食，就可以吸收到所有的營養素，根本不需要吃維他命。

可是不管媽媽和奶奶怎麼說，明輝還是覺得小豪比較幸福。

今天是遠足的日子，媽媽一早就幫明輝做了便當，明輝有點失望，去遠足應該要帶零食才對啊！可是媽媽說零食沒有營養，還是幫他做了便當，而且交代他要把便當吃光光，不過媽媽還是多給了他一包巧克力球。

到了學校，果然班上許多同學都是帶零食。明輝對小豪的食物最有興趣了，他問小豪帶什麼？小豪給他看了，原來是幾包零食和超商的三明治。小豪的媽媽工作很忙，沒辦法幫小豪準備便當。

陳老師帶大家去爬附近的石頭山，大家中午在山頂休息、吃午餐，明輝和幾個同學坐在樹蔭下吃便當。

「哇！明輝的便當好漂亮哦！」才一打開便當，小琴叫了起來，大家馬上圍過來看，發出羨慕的聲音。

明輝有點不好意思，可是他看了一下大家的便當，好像眞的只有他的便當有各種顏色，難怪小琴會說他的便當很漂亮。

「這是我媽媽做的。」明輝驕傲的說。

「明輝的媽媽眞好！我媽媽說，菜的顏色愈多，表示營養成分愈豐富。」小琴說。

大家也看了小琴的便當，雖然顏色也很多，可是菜都切得大小不一，煎蛋也有焦掉的地方，小琴不好意思的說那個便當是她自己做的，因爲她媽媽要上班，她就自己做便當。

「眞的顏色愈多愈好嗎？」小豪好像不太相信，說：「我媽媽說吃維他命就夠了！」

陳老師看大家在討論，就向大家說明：「維他命確實含有豐富的營養素，不過我們平常吃的食物裡就有足夠的營養素了。」

他對小琴說：「像小琴的便當就做得很好啊！有黃色的雞蛋、綠色的高麗菜和青江菜、紅色的烤豬排，再加上白米飯，營養是很充足的。」小琴聽了高興極了！

其實陳老師是想趁機給大家一次機會教育，因爲他注意到班上很多同學喜歡吃零食，特別是小豪常吃速食店的漢堡，陳老師認爲這不是好現象。他跟大家強調：「食物種類愈多，也就是顏色愈多，愈能攝取到足夠的營養，大家看明輝，不就是個最好的例子嗎？」

（吳書綺）

我們班上也有好多同學在吃維他命。

那是因爲大家都太偏食的關係嗎？不然學校裡已經有營養午餐，爲什麼大家還要吃維他命呢？

聽說吃維他命可以讓身體健康啊！

雖然吃維他命無害，但是我們平時吃的食物中已經有人體所需的各種營養素了，只要不偏食，其實不需要吃維他命。

像小豪這樣沒辦法攝取均衡的營養，他的媽媽才會要他吃維他命來補充。以明輝來說就不需要了。

我媽媽也常常幫我帶便當，看來我跟明輝一樣是很幸運的人！

有苦難言的阿志

不挑食才能攝取均衡的營養

「怎麼那麼多青菜！」阿志面對一桌的菜餚，皺著眉頭抱怨。

「多吃蔬菜有益健康。」這句話媽媽說過太多次，但阿志總是不以爲然。

阿志不但討厭吃蔬菜，也不愛吃水果，他覺得青菜的味道怪怪的，難吃死了。東挑西揀之下，大概只有肉類比較合他的胃口。他常常一放學就去買炸雞或鹽酥雞來吃，有時吃得很飽，回家後就吃不下晚飯了。這樣也好，乾脆不吃，免得媽媽老是夾青菜給他。

在學校裡，阿志不吃蔬菜是出了名的，他覺得這樣很特別，因爲他跟別人都不一樣，很有個性。他還嘲笑班上愛吃生菜沙拉出了名的美芳：「妳是屬牛還是屬羊呀？這些草也吃得津津有味。」

美芳聽了不甘示弱的回答：「像你這種不吃蔬菜、水果的人，總有一天會自食惡果。」

「什麼惡果嘛！說得那麼嚴重，妳看我不也是長得頭好壯壯？」阿志嘻皮笑臉的跑開。

有一天上課上到一半，阿志的肚子疼得不得了，去廁所蹲了半天，什麼也拉不出來。在同學的攙扶下，阿志被送到學校的保健室，他囁嚅了半天，才說出自己有便祕，已經一個禮拜沒有好好「解放」了。保健室的護士趕緊帶他到醫院掛急診，而阿志的媽媽接到通知，也隨後趕到醫院。

經過診治，阿志終於進廁所順暢的排掉累積了好幾天的廢物。

「多喝水、多吃蔬菜和水果。」醫生叮囑阿志：「蔬菜和水果含有豐富的纖維，可以促進腸道蠕動，比較不容易便祕。」

「我不喜歡吃青菜。」阿志一想到要吃「草」就哀哀叫。

「你的情況算是比較好的，我曾經有個病人，因爲便祕而導致大腸穿孔及敗血病，差一點送命。」醫生說。

阿志想起平時便祕的痛苦，還有這次的苦頭，看來飲食均衡是有道理的，以後不該那麼挑食了。

「還有，你有點過胖，要注意一下哦！」醫生順帶提醒阿志：「少吃油炸食品，過胖對身體也不好。」

「哦。」阿志心虛的回答。醫生眞厲害，不但知道他不愛吃蔬菜和水果，還猜到他喜歡吃油炸的食物。他不好意思的低下頭來，現在他一點也不覺得不吃蔬菜有什麼好自豪的，明天美芳也一定會嘲笑他。

第二天，阿志恢復體力到學校上課，他故意躲著美芳，怕被她笑。

「阿志，這個給你。」沒想到美芳主動走過來，將一盒新鮮的生菜沙拉端到他面前，「你吃吃看，淋上沙拉的生菜很好吃的，說不定吃習慣了就不會覺得難吃了。」

阿志靦腆的接受了，雖然他還沒辦法接受蔬菜的怪味，不過拌上沙拉醬後滋味還算不錯。好吧！阿志心想，爲了擺脫便祕的煩惱，就從吃生菜沙拉開始，慢慢習慣蔬菜和水果的滋味吧！

（吳立萍）

蔬菜水果吃得太少就會便祕嗎？

便祕是大腸蠕動的功能不好而引發的。有好幾種因素會造成便祕，飲食不均衡只是其一，其他像缺乏運動、壓力過大及生活作息不規律，也會影響大腸蠕動，使排便不順暢。有便祕的人，除了改變飲食習慣，最好多運動、減少壓力、保持心情愉快，才能免除有苦難言的煩惱。

可是有些東西我就是不喜歡吃耶。

愛吃的食物拚命吃，不愛吃的一點也不碰，這樣好像很愉快，短時間內也不會對身體造成影響。可是時間一久，身體受不了了，就會發出警訊，像便祕就是。如果這時還不理會它，就有可能出現嚴重的失調現象或疾病，得花更多時間才能調養回來。

不喜歡吃的東西，不必勉強自己一下子吃太多，另外也可以改變料理的方式試試看，例如我不喜歡吃炒青椒，但卻發現生的青椒很脆、很爽口。吃吃以前排斥的食物，說不定會發現以前不知道的美味哦！

莊雅惠談飲食保健

保健其實很簡單

（李美綾）

莊雅惠，美國南灣大學東方醫學博士，對按摩推拿、藥膳、食療和針灸等中醫醫理有深入的研究。目前在台北市立婦幼綜合醫院及中醫醫院看診，並推廣保健及養生的觀念，著有《莊雅惠窈窕養生湯方》、《莊雅惠全家健康按摩》、《莊雅惠五臟保健書》、《莊雅惠水嫩輕盈美人茶》、《一本女人寫給女人的保健書》（皆由如何出版）。

圖片提供／如何出版社

在您看診的經驗中，跟青春期發育有關的健康問題通常有哪些？

身高、皮膚（青春痘）、身材（胸部發育）、體重，都是青春期少男、少女關心的話題。一些父母關心孩子的成長，也會帶孩子找醫師諮詢、診治。

覺得自己太胖或太瘦，是不是該改變飲食？

有些人覺得自己太胖，但青春期是成長發育的關鍵期，絕對不能減重！否則身高長不高，女生的月經也可能發育得不好。其實不需特別多吃哪一類食物，而是要「均衡」，也就是所有的東西輪流攝取，不偏食，如果有特殊體質，可以請營養師調配「能量比」，也就是食物種類和比例的建議。

我覺得應該建立「基礎代謝率」的觀念：每個人每天生存所需要的熱量不一樣，例如青春期需要的熱量較多，更年期需要的熱量較少，這都是受基礎代謝率的影響。基礎代謝率較低的人，雖然跟其他人吃一樣多的東西，卻比較容易胖，因爲身體消耗不了那麼多的熱量。節食會降低基礎代謝率，也就是使身體需要的熱量減少，這樣一來，只要吃一點點東西就容易發胖，所以節食並不是減重的好方法。

相反的，運動可以提高基礎代謝率，使身體消耗熱量，保持身材的效果比較好。固定運動可促進發育，增強骨本，預防骨質疏鬆症，也可避免彎腰駝背。許多學生因爲功課壓力大，往往缺乏運動，影響了成長發育。

至於瘦的人，只要身體健康、胃口好就沒問題了，沒有必要增胖。要是刻意增胖，可能造成體脂肪不夠、血脂肪卻過高，反而不健康。要是胃口不好，不要養成吃甜食的習慣，否則正餐吃不下，就會營養不良。

很多人有青春痘的煩惱，您的建議是？

不只女生在乎自己的皮膚，男生也有「面子」的問題，對付青春痘可以「雙管齊下」，也就是從飲食和臉部清潔兩方面著手：

食物有涼、溫、熱、寒等不同屬性，如果飲食不均衡，例如燒烤、油炸的食物吃多了，一定會上火，上火就容易長痘痘。一般人不熟悉食物的屬性也沒關係，只要飲食均衡，就不容易過熱或過冷。痘痘多的人可以多吃些清涼退火的食物，例如綠豆湯、薏仁湯，但要注意這些吃多了會使氣血虛弱，不能一股勁的猛吃，而是交替吃些溫熱的東西。

不熬夜也很重要，每天最晚在十二點以前上床睡覺，因爲熬夜會使「陰液」得不到滋潤，陽氣太盛，就容易上火。而且根據西醫的說法，生長激素也是在晚間分泌最多，常熬夜容易長不高。

在清潔方面，可以選購適合自己膚質的洗臉用品，洗臉時可加進薰衣草及洋甘菊精油一、兩滴，有解毒、清涼的作用。洗臉後用天然蘆薈敷臉、去除痘痘。有痘痘千萬不要亂擠，否則會滿臉痘疤，留下成長的遺憾。青春痘嚴重時，應該找皮膚科醫師、中醫師或正規的美容機構診治。

身材方面呢？女孩子都很關心自己的胸部發育。

女孩子月經來了之後，大約再過半年到一年左右就不再長高了，這時可以開始留意胸部發育，吃些補氣血的食品。胸部的發育有快有慢，有的人只要一年就發育完成，有的人要四年，最長的可能要九年。

在胸部發育期，有些人會覺得乳房痛，這是因爲組織在生長時發生氣血堵塞，可以吃些促進乳房氣血循環的食品，例如常用通草五分~一錢煮水喝，可以行氣活血，減輕疼痛。另外，抬頭挺胸，並配合按摩擴胸，以及穿適合的胸罩，都很重要。

現在許多人都把胸部發育看成是健美的象徵，如果擔心發育得不好，可以請中醫師針對體質給予豐胸的藥膳或茶飲處方。

您建議吃補品嗎？

其實基本的保健原則很簡單：飲食要均衡、早睡早起不熬夜、固定運動，這些說起來很簡單，但很多成人和小孩子都做不到。

我的建議是，無論是飲食調養或身體保健，都要先找醫師諮詢，請醫師針對體質，給予飲食建議和處方，吃了之後有什麼問題，也要時時請醫師調整。不要自己隨便聽信處方、到中藥行抓藥，或拿成藥來吃。

預防永遠勝於治療

都是電動玩具玩太久，手指才會那麼痛！

為什麼不能躺著看電視？

只是搬個東西，怎麼會扭到腰呢？

快教我，怎樣減肥可以又快又輕鬆？

好幾天沒上大號了，有點擔心……

運動前的熱身，應該做多久？

電視、電腦看太久了，眼睛真不舒服！

真羨慕別人又白又整齊的牙齒！

我不要變成機器人

給身體休息的時間

新學期開學沒兩天，大夥兒還沉浸在放暑假的心情中。很多同學不習慣那麼早起，上沒兩堂課就呵欠連連，無精打采。

但是一到下課，大家好像突然醒過來，興高采烈的討論著自己暑假的「戰果」。有的人把新買的漫畫和雜誌帶來跟同學交換，有的人向大家展示出國旅遊帶回來的紀念品，還有人在交換最新的電動玩具遊戲卡。

最愛打電動玩具的文楷也擠在人堆裡，想看看最新的遊戲卡長得什麼樣，然後聽班上的「遊戲王」陳俊雄吹噓這個遊戲有多好玩、多刺激。大家都搶著向陳俊雄借遊戲卡回家玩，所以得用猜拳的方式決定先後。

奇怪的是，文楷卻沒有跟大家猜拳。

「吳文楷，你不想玩嗎？」陳俊雄覺得怪怪的，因爲文楷一向搶第一。

「算了，我等你們玩過再玩好了。」吳文楷悶悶的說。

「怎麼了？」這次猜拳最贏的呂靜華問：「你媽媽不准你玩囉？」

「沒有啦。」文楷欲言又止，「我手痛，要休息一陣子。」

「手痛？」大家聽了，不約而同的看著文楷。

文楷伸出手，把手掌向上攤平給大家看。他皺著眉頭，很輕、很輕的動了動他那兩根僵硬的大拇指，說：「這兩根拇指，很痛，一動就會痛。」

大家瞪大了眼睛，好像受到驚嚇。

「怎麼會這樣啊？」呂靜華問。

「醫生說我電動玩具打太久。」文楷沮喪的說：「拇指的肌腱發炎了。」

「其實我的拇指也會痛耶！」陳俊雄也把手伸出來，讓大家看他的拇指。「你們看，把指頭彎曲的時候，還會有聲音。」

大家側耳仔細聽，真的，有「喀啦、喀啦」的響聲，好像機器人的手。

陳俊雄繼續說：「而且，我本來每天可以連續打三個小時都沒事，可是現在打一個多小時，手指就會變硬，動起來不太靈活。」

旁邊幾個人聽了，也舉起自己的拇指動一動，聽聽有沒有響聲。

「我本來也跟你一樣，只是手指不太靈活而已。」吳文楷說：「後來手就開始痛了，痛到晚上睡不著呢！本來以爲休息一下就會好，可是只要我開始打，沒多久就又痛了起來。」

「那你怎麼辦？」陳俊雄彎彎拇指，發出「喀啦、喀啦」的響聲。

「上星期我媽帶我去看醫生了。醫生說是肌腱發炎，要多休息，還要吃藥。」吳文楷苦著一張臉，「所以現在暫時不能打了。」

「要多久才會好啊？」陳俊雄問。

「不知道，不過醫生說，如果一直打電動都不休息，就不會好起來。」

也不知道是不是因爲吳文楷的關係，大家對最新的遊戲卡沒那麼感興趣了。尤其是陳俊雄，一整天都心事重重呢！

（李美綾）

為什麼打電動玩具會造成肌腱發炎？

長時間重複使用身體的同一個部位，容易造成局部的疲勞和損傷。吳文楷得的是拇指的「腱鞘炎」，肌腱的末端包覆在腱鞘內，當拇指彎曲和伸直，肌腱會在腱鞘內滑動；如果一直重複這個動作，就會造成肌腱和腱鞘發炎。腱鞘腫大，肌腱滑動困難，就會發出「喀啦、喀啦」的響聲，而且拇指也會變得僵硬、不靈活。

是不是多休息就會好？

對，要暫時避免使用發炎的部位，也可以熱敷來減輕疼痛。如果嚴重的話，就要去看醫生了。

其實長時間重複使用身體的同一個部位，會對局部造成很大的負擔，所以不論是打電動玩具、打球、操作滑鼠，都應該有適度的休息，不必等發炎、受傷了再來想辦法。

別再當懶骨頭了！

保持良好姿勢，預防脊椎側彎

「誼安，妳功課做完了沒？累了就快點去睡覺。」媽媽看誼安趴在書桌上寫功課。

「快寫好了。呵……」誼安坐起來，伸個懶腰，一副快睡著的樣子。

「趴著寫功課，對眼睛不好哦！」媽媽忍不住提醒。

誼安自從上了五年級，課業變得比較重，但是她又想繼續學鋼琴，所以每天都練完一小時的鋼琴再寫功課。不知道是不是因爲這樣，最近看起來特別沒精神。

過了兩週，學校舉行健康檢查，當天放學回家，誼安把老師發的檢查結果通知單拿給媽媽。

「脊椎側彎？」媽媽嚇了一跳，通知單上說誼安有脊椎側彎，請家長帶學生到醫院做進一步的檢查。

「誼安，過來讓媽媽看看。」

「什麼事啊？」誼安一臉狐疑，走到媽媽身邊。

媽媽讓誼安把身子轉過去，伸手摸她的脊椎骨，從脖子摸到臀部。

「好像眞的有一點彎耶！」媽媽擔心的說：「現在就打電話去掛號。」

到了醫院的復健科，媽媽把誼安的健康檢查通知單拿給醫生看。醫生要誼安脫下外套站著。

「妳看，她的肩膀歪一邊。」醫生指給媽媽看。「右邊肩膀比較高。」

醫生又叫誼安把身體往前彎，檢查她的肩胛骨，也是右邊高，左邊低。

「脊椎向右側彎。」醫生說。

「怎麼會脊椎側彎呢？」媽媽很煩惱。

「像誼安這種，通常是姿勢不良造成的。」醫生解釋，「誼安，妳是不是都趴在桌上寫功課啊？」

竟然被醫生說中了，簡直是料事如神。

「還不只這樣呢！」媽媽這才想起來，「她看電視都躺在沙發上看！我們全家都叫她『懶骨頭』。」

「先照一張X光片吧，檢查脊椎有沒有病變，然後測量側彎的角度。」、X光片拍好，夾在燈箱上，醫生、誼安和媽媽都注視著誼安的脊椎骨。

「看起來脊椎骨本身沒有問題。」醫生指著X光片，用尺規量出角度。「不過向右側傾斜，十五度。」

「十五度？很嚴重嗎？」媽媽開始擔心。

「小孩子的骨頭比較柔軟，在生長發育期間的姿勢不良，很容易造成脊椎側彎，要趁早矯正回來，不然等骨頭硬了，就不容易矯正了。」

「那我們現在該怎麼辦呢？」

「現在側彎的程度還不算太嚴重，只要改正平常的姿勢，並配合每天做復健運動就可以了。」醫生說：「每天要貼牆壁站十五分鐘，向側彎的那邊拉筋十五分鐘。等一下我會教妳們怎麼做。」

「哦。」誼安覺得還好，只要不是打針吃藥就好了。

「記得要每天做才有效果哦！請媽媽提醒誼安。」醫生叮嚀著。

「我會的。」媽媽說：「那是不是也該讓她多做些運動？」

「可以啊，不過運動要選擇能同時活動身體兩側的，例如游泳。如果一直使用身體的單側，例如打羽毛球，反而會讓脊椎側彎得更嚴重哦！」

從那天開始，媽媽每天陪著誼安做拉筋運動，也監督她每天貼牆壁站。媽媽還佈下天羅地網——請老師和班上的同學幫忙提醒誼安抬頭挺胸，保持良好的姿勢。

雖然再也不能隨意窩在沙發上看書、看電視，但是貼牆壁也不會太無聊，因爲媽媽特別規定，誼安可以一邊看卡通、一邊站。

「這樣站三十分鐘也可以。」誼安眞懂得苦中作樂。

（李美綾）

要怎麼檢查自己有沒有脊椎側彎呢？

輕微的脊椎側彎，從外表不容易看出來，自己也不會有感覺，所以常常都是在學校健康檢查的時候，被醫師診斷出來的。

如果沒有治療，會怎麼樣？

要是年輕時脊椎側彎沒有矯正，造成骨架變形愈來愈嚴重，就會漸漸壓迫到肌肉和內臟，造成疲勞、肌肉萎縮、腰背痠痛、肺活量減少及呼吸短促等，到時候要矯正也變得更困難了。

拉筋和貼牆壁站，就可以改善了嗎？

二十度以內的脊椎側彎，只要改正姿勢，再配合復健運動來矯正。如果超過二十度，就要每天穿塑膠製的「背架」來矯正。少數更嚴重的案例還得開刀，把脊椎的位置調整回來。

萱萱的高跟鞋

拒絕美麗的後遺症

終於畢業了！對萱萱來說，這眞是一種解脫。解脫的不是課業壓力，而是讓她痛恨了三年的制服。

「哎，我們學校的制服眞是醜到不行！」只要有機會，萱萱就不忘向人抱怨。她覺得這身制服一點美感都沒有，無法想像居然還有人可以穿著制服去逛街，眞是土到了極點！

萱萱對顏色和線條特別敏感，研究偶像明星的衣著是她最大的樂趣。萱萱的表姊在時尚雜誌當編輯，她們常常一起討論服裝搭配和化妝的技巧，可是萱萱因爲上學都要穿制服，也不能化妝或隨意改變髮型，讓她覺得自己「英雄無用武之地」。

考完最後一次期末考，萱萱迫不及待的找了曉萍和麗雯一起去逛街。她們三個是好朋友，剛好都要直升高中部，不必擔心升學的問題。萱萱買了第一雙細跟的高跟鞋，還添購了好幾種顏色的眼影，要把握這個暑假，在上高中之前美麗一「夏」。

曉萍認識幾個隔壁學校的男生，趁著暑假，就把大家約出來玩。每次一群人出去玩，萱萱都暗自和其他女生比較，她覺得自己最會打扮，也最引人注目。尤其是她的高跟鞋，穿起來效果很好，不但看起來人變高挑了，走起路來也變得很有女人味！

不過，萱萱發現，穿了一整天的高跟鞋，腳趾被擠得隱隱作痛，而且腰也變得很僵硬、疼痛。本來以為是玩得太累，但是後來，到了下午就開始覺得不舒服，甚至連背部也會痛。

「呼，好累哦！」萱萱累得倒在床上，發現腰好僵硬，簡直沒辦法躺平，只能等疼痛慢慢消失。

還好早上起床時又沒事了。萱萱以為只要多休息就好，也不以為意。

這天下午，麗雯找萱萱去百貨公司逛街，到了晚上，她們又跟曉萍一群人會合，一起去逛夜市。

「哎喲！」走著走著，萱萱突然大叫一聲，大家看到她蹲了下來，趕緊跑過來看看怎麼回事。

原來萱萱的腳踝扭傷了。麗雯趕緊扶她站起來。

「好丟臉哦！」她一拐一拐的慢慢走，心裡覺得懊惱。

回家後，媽媽替萱萱冰敷，隔天又帶她去復健科看診。

「穿高跟鞋其實是很不健康的。」醫師向萱萱解釋，「長時間穿高跟鞋，身體爲了保持平衡，上身會往後傾，腰椎則向前突出、駝背、頭向前傾，整個脊椎的自然弧度都改變了！」

「這麼嚴重？」萱萱很疑惑，「可是爲什麼有那麼多女生穿高跟鞋呢？」

醫生笑著說：「我想這是因爲穿高跟鞋看起來比較高挑，走路時身體擺動，感覺有女人味吧！如果非要穿高跟鞋，記得不要穿太久，更不要穿著高跟鞋跑步或跳躍，因爲這樣很容易受傷，像妳現在這樣。」

「那怎麼辦？以後還能穿高跟鞋嗎？」

「不必擔心，高跟鞋還是可以穿，只不過以後要更小心了。」醫生說：「來，我現在教妳冰、熱敷及復健的方法，要聽清楚囉！」

（李美綾）

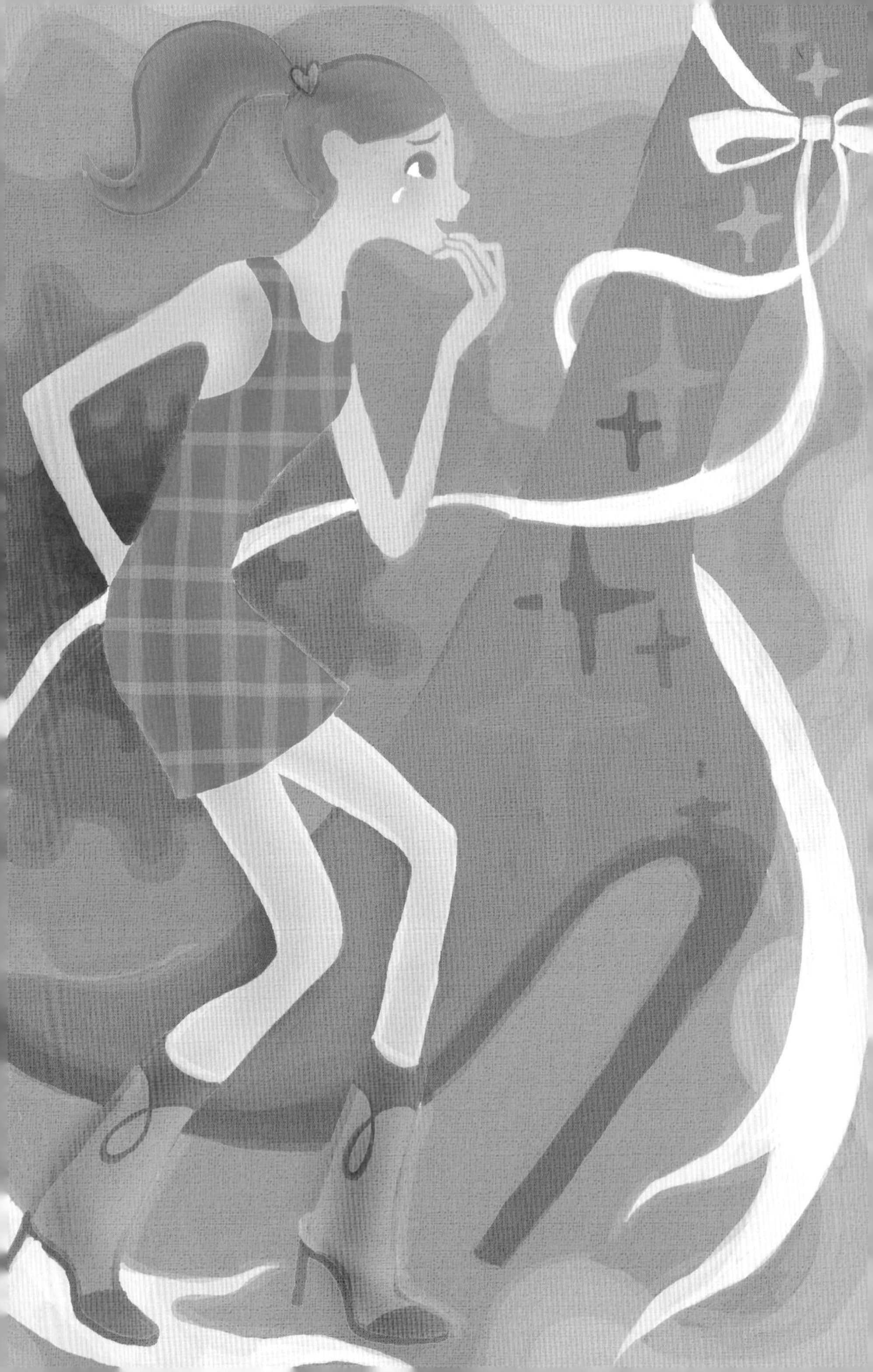

不只是穿高跟鞋，坐姿和站姿不良，都容易造成腰椎前突，出現腰、背疼痛的毛病。另外，背重物、抱小孩、懷孕挺著大肚子，都會使腰部承受過多的重量而造成傷害。

到底怎麼站、怎麼走路才是正確的呢？

站姿不良的人，走路的姿勢也常常有問題。先找出正確的站姿：貼著牆壁站好，頭、肩膀、腰、背都要貼在牆上，膝蓋微微放鬆。感覺一下這個姿勢，這就是正確的站姿。走路時也是用這個姿勢。

如果因為站得太久，腰部覺得疼痛怎麼辦？

可以做一些舒緩肌肉的運動，伸展及放鬆一下腰、背部的肌肉。但是預防勝於治療，最好一次不要站得太久，每隔三十分鐘走動一下，可以使緊繃的肌肉放鬆，保持血液循環。

哎喲，扭到腰了！

搬運重物有訣竅

今天學校舉行期末大掃除，也是一年一度整潔比賽的日子，上學期我們班上榮獲全年級整潔比賽的第一名，這學期當然也希望繼續蟬聯，所以全班同學一大早就精神抖擻的在教室外頭集合，等待衛生股長分配工作。

我和幾位同學一起負責清掃大禮堂，在大家通力合作之下，地面和講台很快就被我們整理得清潔溜溜。正當我們興高采烈的以爲完成任務時，振華發現大禮堂後面還有一間隱密的教室，因爲堆放了許多平時不用的桌椅，累積了厚厚的灰塵和密密麻麻的蜘蛛網，大家看了都覺得很頭痛。

「乾脆這樣吧！我們男生負責搬桌椅，妳們女生就負責把桌椅擦一擦，地也掃一下。」振華提出建議，然後就帶頭搬動桌椅。

「桌子很重哦！我們四個人，一人搬一角。」在振華的指揮之下，大家賣力的搬，有些椅子必須堆疊起來比較方便清掃，於是振華又號召了幾位身強體壯的男同學一起來搬。

「振華，慢一點吧！」振華一向性子急，為了趕快把椅子堆好，一會兒彎腰拿椅子，一會兒又快速將椅子高高舉起。小胖看了提心吊膽，於是提醒他慢慢來。

「安啦！我的力氣很大，搬這些椅子根本只是小意思，不然我們來打賭，看誰的動作快，輸的人要去福利社買冰棒請大家吃哦！」振華一邊揮汗，一邊大聲的說。

「我老爸說過，搬重物之前要先做熱身運動，不然很容易傷到身體的。」小胖搬椅子之前，就在一旁「一二、一二」的扭動身體，做起熱身操來。

「沒那麼嚴重吧！我是知道運動前要做熱身操，不過如果只是搬東西，應該用不著那麼麻煩啦！」振華笑著說。

可是偏偏就是這麼巧，過沒多久，教室裡便傳來幾聲痛苦的喊叫。

「糟糕！振華好像扭到腰了，一直喊腰痛！」小胖呼喊著，同學們紛紛圍了過去，只見振華兩手扶著腰部，站都站不直了，大家一陣手忙腳亂之後，才趕緊將振華抬到保健室。

保健室的護士阿姨幫振華做熱敷處理後，要他待在保健室休息。小胖向護士阿姨說明我們剛才搬東西的情形，護士阿姨認爲振華搬東西的姿勢不對，特別示範給我們看。

「搬東西的時候要注意姿勢，不可以一下子就彎腰去搬。最好是先熱身，而且採取半跪姿，再慢慢的把東西抬起來，這樣才不會讓腰部的肌肉承受太大的力量。振華這次扭到腰，應該是沒有事先做好熱身運動，還有動作太快才造成的。」

「像我這樣，要多久才會好啊？」平時生龍活虎的振華，現在一下子變得垂頭喪氣。

「兩、三天吧，讓腰部放鬆、休息。」護士阿姨說。

「別擔心啦！不經一事，不長一智，你現在終於知道搬東西也要注意安全了吧？」我安慰振華。

「對啊，以後我們大家都要互相提醒，注意搬重物時的姿勢，才不會再發生類似的事情。」小胖說。

這次振華扭傷腰，給大家上了寶貴的一課，讓我們明白行走坐臥之間也可能發生運動傷害！（王一婷）

本來以為振華力氣大，搬東西絕對沒問題，沒想到扭到腰的竟然是他。

振華沒有先熱身、舒展筋骨，搬東西時又不注意姿勢、動作太快，才會造成腰部肌肉的傷害，這跟力氣大不大，沒什麼關係。

其實我也曾經因為拿東西不注意姿勢而扭到手！

是啊，行走、起身或搬東西的日常動作看似不起眼，要是姿勢不良，卻可能造成身體的傷害。不過只要我們平時稍微留意，先熱身、勿求快，就可以避免了。

弟弟的減肥祕招

自創瘦身怪招，小心身體吃不消

我的小弟今年才國小五年級，但全家人都戲稱他是「航空母艦」──因爲在人群中，誰都可以一眼看出他的噸位超乎一般人。

坦白說，逼近九十公斤大關的體重還眞不是一天造成的，從小到大，甜食、炸雞就是他的最愛，日積月累當然體重只升不降囉！

爸媽對小弟超重的身材也開始感到憂心，擔心過胖的體重會增加他身體的負擔，但是小弟就是無法節制，還把零用錢都拿去買零嘴。所以當我們得知學校爲了解決現在小學生營養過剩卻運動不足的問題，特別爲體重超重的小朋友開辦了下課後的「減肥運動班」，就趕緊去幫小弟報名。

自此以後，一向懶於活動筋骨、只動口不動身體的小弟，也只好按著學校安排的活動計畫，爲減肥努力了。

「哎喲！累死人了啦！」小弟每次運動完回家之後，常常抱怨這裡痠、那裡疼的。

「跟大家一起做運動，難道不開心嗎？」媽媽問。

「開心是沒錯啦，可是運動完筋骨會痠痛，還不如坐在家裡看電視舒服得多！老師還說回家後要再做半小時的運動！不過，最不人道的是不可以吃炸雞、薯條，可是這些偏偏都是我的最愛。我快活不下去了啦！」小弟嘟著嘴，一副很委屈的樣子。

「可是不運動，身體的脂肪怎麼甩得掉呢？你還是忍耐點啦！」我了解小弟的個性，叫他按部就班靠運動、節制飲食來減肥，實在有點爲難他，於是我隨口問他：「老師有沒有說你一學期的目標是減掉幾公斤？你就想辦法達成目標就好了嘛！」

「我記得是六公斤……哇，那我知道要怎麼做了！」小弟好像突然想到了什麼，高興的手舞足蹈起來。

接下來我看小弟從圖書館借回來一堆減肥的書，還以爲他終於下定決心要好好的控制體重了，哪曉得他是打算從這些減肥招數裡吸收精華，再自創

一些不必流汗運動的瘦身怪招。

看小弟一下子用保鮮膜把自己的身體包裹起來，一下子拿著曼秀雷敦東擦擦、西抹抹，還得意的說是他發明的減肥「撇步」，我除了覺得好笑之外，不免爲他擔心。

「爲什麼不跟著老師和同學運動就好了？」我問小弟。

「運動和節食太辛苦了啦！」小弟一副減肥專家的口吻，「反正只要在學期末達成目標就好了，用什麼方法不都一樣？」

我將小弟發明的怪招告訴爸媽，那天正巧電視新聞播出有人亂吃減肥草藥而賠上性命的消息，爸媽趁機向小弟機會教育了一番，可是小弟卻把我們的勸告當成是耳邊風。

就在小弟自作主張試了兩個多月的減肥怪招之後，體重雖然下降了一點，但是精神和體力卻都明顯變差了。

老師發現了小弟的問題後，特別商請營養師阿姨，教導小弟簡單計算卡洛里的方法，讓小弟能偶爾吃些他喜歡的食物解解饞。

到了學期末，小弟的體重減輕了許多，雖然炸雞和薯條仍然是他的最愛，但是他現在比較懂得節制了。

小弟說，除了減重之外，他還在運動班交到一些好朋友，也算是額外的收穫啦！

（王一婷）

我的食量不大，卻很容易胖，聽說有些人喝水就會胖，我大概就是屬於「易胖型」的體質吧！真煩惱。

雖然肥胖可能有遺傳的因素，不過大部分體重過重的人，都是因爲飲食不當或生活習慣不良所造成的。注意飲食、多運動，生活作息正常，就可以控制體重，只不過許多人都做不到。

肥胖可以說是健康的殺手，像糖尿病、高血壓等疾病，往往都跟肥胖有關。所以說，保持適當的體重，不只是爲了外表好看，更是爲了自己的身體健康著想哦！

我實在很羨慕那些瘦子，吃多少都不會胖呢！

瘦子看起來有「本錢」可以大吃大喝，不過實際上多數的瘦子都不會大吃大喝吧！而且，過瘦當然也不好，維持健康體態最重要囉！

「嗯」不出來的煩惱

養成固定的排便習慣

「上課快來不及了啦！」小紅一邊穿上外套，一邊往門口跑去。

習慣晚睡晚起的小紅，幾乎每天都固定上演這一幕，匆忙上學，連早餐也常常來不及吃。

「小紅，早餐帶到學校去吃吧！」媽媽擔心小紅又忘了吃早餐，所以連忙叫住她，只可惜晚了一步，小紅已經不見蹤影了。

放學回到家，小紅爲了趕去補習班，囫圇吞棗似的吃完晚餐就出門，等到補習完回到家，又唸書到十一點半，上床睡覺時已經非常疲倦了。

這天是星期日，媽媽特地煮了好幾道小紅愛吃的菜，想讓她飽飽口福，可是小紅卻一副興趣缺缺的樣子。

「媽，我吃不下！」她無精打采的說。

媽媽覺得不太對勁，於是問小紅：「妳是不是不舒服啊？」

「我也不曉得，就是覺得肚子脹脹的，有時還會有點痛。對了，我覺得好糗哦，這幾天在學校一直放臭屁，眞是的。」小紅說。

媽媽聽了小紅的描述之後，想了一下，便問小紅：「妳最近有按時蹲廁所、上大號嗎？」

「哎喲，媽妳問這個要幹嘛啦！」小紅覺得媽媽問起上大號的問題，實在很尷尬。

「妳可別認爲兩者沒關係哦！很多人因爲沒有固定排便的習慣，結果造成便祕，就會產生像妳剛才說的腹部痛、放臭屁的現象！」媽媽認眞的說。

「是嗎？我想想，眞的耶，我以前都是早上上廁所，可是最近常常晚起，連上學都來不及了，哪有美國時間蹲廁所啊？放學回家又忙東忙西的，有時候雖然想上大號，但是因爲忙，忍著忍著，等到有時間了，卻已經『嗯』不出來了……」小紅有些不好意思的說，那種蹲在廁所裡卻又「嗯」不出來的感覺眞的好痛苦哦！

媽媽聽完小紅的描述，判斷她很可能患了便祕的毛病。

「妳大便『嗯』不出來，怎麼不早點跟我說呢？」媽媽說。

「這種事情很尷尬，實在很難說出口。而且，媽，便祕不是什麼大毛病，只要下次『嗯』出來就沒事了吧？」

「如果變成習慣性的便祕，會延誤治療的。」

「有那麼嚴重嗎？」

「現代人生活緊張、忙碌，許多人都跟妳一樣，連蹲廁所的時間也斤斤計較，當然得便祕的人就多了。」媽媽認眞的說：「女孩子如果得到便祕，容易引起肩膀痠痛、頭暈的症狀，而且注意力會不集中，皮膚也會變得粗糙、長青春痘哦！」

「難怪我的痘痘一直冒個不停。」小紅一聽到便祕會影響皮膚，終於開始緊張起來。「那要怎麼辦啊？應該吃藥嗎？」

「其實對付便祕最好的方法，倒不是依靠藥物，而是從改變生活習慣做起。」媽媽叮嚀說：「以後妳每天起床就先喝一大杯溫開水，刺激腸胃蠕動。多吃一些富含纖維質的食物，像蔬菜、水果等，而且要養成固定排便的習慣。」

「看來我得早點起床，才有時間上廁所。」小紅說。

「這樣更好，早起十分鐘，做起事來就從容多了，也不必每天趕著上學。生活的步調放慢一點，別太緊張，這樣才能擺脫『嗯』不出來的惡性循環。」

「知道了。」

（王一婷）

我平常不會有便祕，但是一遇到期中、期末考那段時間，可能是心情緊張的緣故吧，也會有「嗯」不出來的困擾。

不安、緊張、壓力，加上沒時間上廁所，都很容易造成便祕。其實便祕就是身體發出的警告訊號，告訴你該調整不健康的生活作息了！要是有便祕的毛病，除了遵照醫生囑咐治療以外，調整生活步調和保持心情輕鬆愉快也是十分重要的。固定的把身體內的廢物給排出去，我們的壓力也才會減少啊！

體育課的重頭戲

確實熱身，預防運動傷害

「大家到操場集合做體操，今天要打躲避球！」體育股長軍軍站在講台前大聲宣布。

小眞聽了，忍不住跟小珮說：「雖然打躲避球很好玩，可是陳老師每次都要熱身好久，好討厭！」

「對啊！」小珮附和說：「那我們今天還是一樣哦？」

小眞笑著點點頭。

小眞和小珮都很喜歡上體育課，也很喜歡打躲避球，可是她們討厭做熱身運動。因爲陳老師的熱身運動每次都好久，熱身完，體育課也過了一大半，還能玩什麼呢？而且陳老師自己還不是常常沒熱身就跟大家一起玩了？也沒什麼差別啊！

小珮也有同感，所以她們兩個人每次熱身都隨便做做，只希望趕快做完，才有體力玩躲避球啊！

這一節課，操場上有四個班級在上體育課，因爲陳老師正好要替請假的楊老師帶五年甲班，所以她決定要讓五年甲班和四年乙班比賽躲避球。小眞和小珮一聽說要跟高年級比賽，當然爭取上場的機會，她們兩個的動作都靈活，被班上女同學寄予厚望。

只是五甲男生的力氣眞的比較大，每一個丟過來的球看起來都好可怕！小珮一個不小心，在轉身躲球的時候跌倒了！

「啊！」她大叫一聲，陳老師趕緊吹哨子要大家暫停比賽，然後走到小珮身邊問：「怎麼了？摔傷了嗎？」

「大腿好痛！動一下就會痛！」小珮抓著不能動彈的大腿說。

陳老師仔細的看了一下，試著要小珮把腿彎曲，小珮大叫著搖頭說：「不行！不行！好痛哦！」

「大概是拉傷或扭傷了，我們送小珮到保健室去，其他同學繼續比賽。」陳老師說。

陳老師和小眞扶著小珮來到保健室，保健室的李老師幫小珮檢查過，說：「還好，只是一時的肌肉痙攣，休息一下就好了。」

「老師，什麼是肌肉痙攣啊？」小眞問。

「就是你們說的抽筋。」陳老師轉頭問小珮：「妳今天有沒有熱身？」

「有啊！」小珮有點心虛，雖然不是很認眞的做，可是也算是有吧？

「老師，爲什麼我們每次都要做這麼久的熱身運動？」小眞問。

「做熱身運動是爲了保護身體。」陳老師回答：「平常我們的肌肉都處在靜止的狀態，對於運動所需要的伸展和彈性都比較遲鈍。在運動之前做一些和緩的熱身運動，拉拉筋，能讓肌肉活動起來，反應變快，這樣在運動的時候就比較不會受傷了。」

「原來如此。」小眞和小珮互看了對方一眼。「老師，那妳爲什麼都不跟我們一起做熱身運動？」小珮忍不住問陳老師。

陳老師笑著說：「你們該不是一直以爲老師偷懶吧？妳們一天只上一堂體育課，我可是從早上第一堂課開始就是體育課啦！等到這時候再做熱身運動哪來得及呢？」

（吳書綺）

原來熱身運動的目的是這樣啊！可是小珮看起來也還好，只是抽筋而已，一下子就會好了啊！

這是小珮運氣好。因爲沒熱身或熱身不足而受的傷可能會很嚴重，例如肌腱斷裂的話，就必須動手術才能復原，許多傷害甚至會遺留終身，一輩子都不能再做激烈的運動。

這麼嚴重？那以後上體育課還是要乖乖做熱身運動。

熱身不只是體育課的要求，更是一種保護身體的觀念。在每次身體要劇烈活動之前，最好都先做做熱身運動，例如在學校下課的十分鐘，大家往往沒有先熱身就開始打球、追逐，這樣很容易受傷！

有驚無險的攀岩比賽

挑戰體能也應注意安全

我家附近有一座規模不小的運動公園。每逢假日，尤其是寒、暑假期間，從早到晚都有人在公園裡騎腳踏車、溜直排輪、玩滑板、打籃球、擲飛盤及放風箏。

這座運動公園也經常舉辦特別的競技活動，例如直排輪、滑板、攀岩等，有時邀請名家來表演，有時舉辦競爭激烈的比賽。不論是表演或比賽，都吸引無數好奇的觀眾前來捧場和加油。

這天一大早，公園裡的攀岩場四周就擠滿了守候的觀眾，他們正等著觀賞一年一度的市長盃攀岩大賽。大家好奇的看著各隊的攀岩選手穿好岩鞋和安全吊帶，蓄勢待發。

開賽前，工作人員仔細的檢查比賽場地和參賽者的裝備，確定一切合乎安全規定，才開始比賽。

這次參賽的隊伍很多，共有十七隊，每隊五人，選手都是熱愛戶外活動的年輕人，將爬上數公尺高的人造垂直岩牆。

他們訓練有素、身手靈活矯健，看他們無懼無畏的攀登岩牆，爬得愈來愈高，眞令人佩服。

每一組比賽完畢，不論勝負，觀眾都報以熱烈的掌聲。

「啊！」就在比賽進行到最後第三隊快要結束時，觀眾突然發出驚叫，原來有一名選手一腳踩空，另一腳又沒踩穩岩塊，整個人掛在「懸崖壁」了。雖然他身上繫有繩索保護，但看他臉色蒼白痛苦，手腳似乎不聽使喚，大家都替他著急。

沒多久，裁判宣布比賽暫停，接著由確保員調整繩索，將那名選手緩緩的放回地面。

教練扶著這名臉色蒼白的選手走進帳篷休息。帳篷外的攀岩場邊一陣騷動之後，又恢復原來的競爭氣氛，比賽繼續進行。

帳篷裡，教練倒了一杯水給他的隊員。這名選手看來非常懊悔。

「教練，對不起！都是我的錯！」他連聲向教練道歉，蒼白的臉上還直冒冷汗，然後才吞吞吐吐、面帶愧色的說：「我前兩天得了感冒，又拉肚子，所以沒有體力……」

「你感冒爲什麼不在比賽前告訴我呢？」教練問。

「我……我怕說出來教練就不讓我參賽，而且……小小的感冒和拉肚子也沒什麼大不了的，我本來以爲吃了醫生開的藥，很快就會好。」這場攀岩比賽是他巴望很久的，好不容易等到這個可以展現身手的好機會，無論如何不能錯過。

「身體狀況不好，就不應該參加比賽。」教練的表情很認眞。

「我以爲……上下來回一趟，不用幾分鐘的時間，我一定可以撐得住，沒想到……」

他講到這兒，幾乎要哭出來，愈想愈懊惱，突然又一陣頭昏眼花，沒力氣說話了。

（吳嘉玲）

我在電視上看過戶外攀岩活動的介紹，看起來好刺激哦！那些選手就像蜘蛛人一樣。爬上爬下好靈活！

許多户外活動都很緊張刺激，例如溪流泛舟、高空彈跳、越野賽跑、單車旅遊、野外露營等，這些活動都具有冒險性及挑戰性，也特別受到年輕人的喜愛。有機會多參加户外活動，不但可以鍛鍊體魄，也能培養毅力、耐力和團隊精神。

我也好想試試看。

很好啊！不過户外活動具有高低程度不同的危險性，切記遵守每一種活動的「遊戲規則」。例如參加水上活動一定要會游泳，而且要穿救生衣，又如騎越野腳踏車要戴安全帽、打球要穿合適的球鞋等。這些「遊戲規則」都是爲了確保安全而設的。

哎喲，穿救生衣、戴安全帽，這樣看起來好遜哦！

你這樣說才是落伍呢！有沒有注意過職業運動員，不管是棒球球員還是自行車選手，哪一個不是裝備齊全才上場？他們可是千萬人崇拜的對象呢！有了安全的防護，才能玩得開心！

哇！我快看不見了！

愛護眼睛，避免用眼過度

我很喜歡看電視，更喜歡玩電腦遊戲，但是最近有個問題一直困擾著我，那就是我的眼睛好像生病了！

雖然哥哥和姊姊都戴了眼鏡，但是我沒有近視眼，因爲我的黑眼球很大，看東西自然是更清楚囉！不過每當我在看卡通影片，或是任何好看的電視節目時，媽媽還是會嘮叨：「天天看電視，遲早得近視。」

其實我才不在乎得近視呢！因爲如果眞的得了近視，那我就可以和哥哥、姊姊一樣，配戴超炫的眼鏡，不想戴眼鏡時，也可以配戴隱形眼鏡，那樣也很不錯啊！

不過最近，我眞的覺得眼睛變得怪怪的。看電視或玩電腦時，螢幕上顯示的畫面有時候清楚，有時候模糊，甚至還會出現雙重影像。而且看不了多久，眼睛就變得又乾又澀，一直流眼淚，眨眼時還會覺得辣辣、刺刺的，好不舒服哦！雖然我努力的瞪大眼睛，但是那雙超大的黑眼球好像一點功能也沒有了，看不清楚就是看不清楚。

我不想跟媽媽說，因爲如果她知道了，不但會狠罵我一頓，還會禁止我看電視，甚至不准我玩電動，那我不就慘了！

我只好把這個煩惱告訴我的好朋友林慶眞，她和我一樣愛看電視，而且還得了近視眼，戴著一付大大的眼鏡。不過她的答案眞是讓我不能接受，因爲依她判斷的結果是，我不但得到「假性近視」、「散光」，而且很可能跟她姊姊一樣有「乾眼症」。

「太可怕了，什麼是乾眼症？」我覺得好像被宣判了死刑。

「就是眼睛乾乾澀澀的、熱熱痛痛的，眼球也變得紅紅的。」林慶眞用專家的口吻說著：「妳說妳看東西覺得模糊、不清楚，這可能是近視和散光。」

天哪！這些症狀我都有！這樣眼睛會瞎掉嗎？我的心情頓時沉入谷底，原來眼睛生病是這麼的不舒服，我好後悔怎麼沒有聽媽媽的話，現在我才依稀想起爸爸的叮嚀：電腦和電視是現代人視力的殺手，千萬不能成爲這兩種產物的受害者。

放學後，我要趕快回家告訴媽媽我的眼睛生病了，請媽媽帶我去看醫生，希望一切都還來得及。從現在起，我要好好保護眼睛，讓我的黑眼球快點好起來。

（許玉敏）

眼睛覺得乾乾澀澀的，就是乾眼症嗎？

淚水分泌不足或淚水分布不平均，沒有適當的滋潤眼球表面，造成眼球乾燥，就叫做乾眼症。如果你的眼睛有乾乾澀澀的感覺，特別是在看電視或使用電腦的時候；或是眼睛有異物感、燒灼感或刺痛感；或是眼球充血、發紅，甚至還會怕光、怕風、一直要眨眼睛，眨眼睛時常常覺得黏黏的，看不清楚，那就有可能是得了乾眼症。這時要趕快看醫生，不要隨便點眼藥水哦！

要怎麼做才能保護眼睛的健康？

不要讓眼睛太累。不管是閱讀或看電視、電腦，每隔五十分鐘就應起身休息十分鐘，使用電腦時，避免坐在冷氣出風口的附近。適度多眨眼，找機會讓眼睛看向遠方，讓眼睛四周的肌肉舒展。多到户外親近大自然，看看翠綠的森林和樹木，對視力都會有幫助的。

芽芽看牙記

口腔保健是每天要做的事

人長大了，煩惱似乎也多了。除了學校的功課、和同學之間相處的問題，連吃東西都麻煩一堆。芽芽和她的同學一樣，吃多了擔心會太胖，吃得油膩些，臉上的痘痘就跳出來抗議，連她心愛的甜食都跟她過不去。因爲芽芽的牙齒最近開始痛起來。

也不知道是什麼時候發生的事，芽芽發現自己右下方臼齒特別容易塞東西，有時候還有一點痛。可是吃東西誰不塞牙縫？每次牙齒塞了東西，芽芽就拿牙籤來剔牙。

可是這天中午，當芽芽一剔牙，才發現牙齒蛀了一個大洞，而且愈來愈痛。晚上媽媽叫她吃飯，她直喊牙痛沒胃口。媽媽一聽，叫芽芽張嘴來看，發現她的牙齒眞的蛀了大洞，要她馬上去看牙醫。

「其實也沒那麼痛啦，而且我今天晚上的功課好多，明天再去吧！」一聽到要看牙醫，芽芽就害怕了起來。她常聽同學說看牙齒很痛、很恐怖，而且也還沒忘記小時候去牙科拔牙，一聽到機器轉動的聲音她就嚇哭了。

「現在還沒那麼痛，就要趕快去看醫生，否則等到妳痛得受不了，牙齒沒救了，就得整顆拔掉做假牙，那時妳會更痛，也更麻煩了。」媽媽說的有道理，芽芽雖然怕得要命，也只好乖乖的去看牙醫。

這是芽芽換了恆齒之後第一次看牙醫，牙醫診所看起來乾淨舒服，而牙醫也滿親切，一切並沒有她想像的可怕。

比起許多同學，芽芽的牙齒算是還不錯的。檢查之後，牙醫發現芽芽其實蛀了三顆牙，都是臼齒。一顆蛀了個大洞，但還好沒蛀到神經，否則就要抽神經、做牙套了。另外兩顆牙蛀得不深，所以芽芽並沒感覺到，但牙醫還是幫芽芽清理蛀掉的部分，補了牙，免得愈蛀愈深。

因爲芽芽是第一次來看牙，牙醫告訴她口腔保健的四個要點：

1. 起床後和睡覺前要澈底刷牙，每次刷牙兩分鐘。最好飯後也刷牙。
2. 每天至少一次使用牙線或牙間刷。

3. 舌背刮乾淨可避免細菌附著，消除口臭。

4. 定期看牙醫。

「不是已經刷牙了，爲什麼還要用牙線？」芽芽問。

「牙線可以清潔牙刷刷不到的牙縫。」牙醫提醒：「對了，牙籤太粗，盡量少用哦！」

「原來如此。那舌背要怎麼刮？」

「刷牙時順便用牙刷刮一刮就可以了。」

看完了牙，芽芽覺得舒服多了，想到牙痛起來眞是要命，芽芽決心做好牙齒保健，以後不想再受罪了！

（石芳瑜）

奇怪，我天天都刷牙，為什麼還會有蛀牙？

每天刷牙要至少早晚各一次。刷牙時，以四十五度角，將牙刷置於牙齒與牙齦的交界處，輕輕的以圓形的方式移動牙刷，一次刷一至二顆牙。

如果不知道你的刷牙方式對不對，可以找牙醫討論。

蛀牙是不是牙齒裡有細菌？

蛀牙細菌附著在牙齒表面，當含醣類的食物，例如米飯、糖果、餅乾、汽水，殘留在牙齒上，蛀牙細菌就會據以繁殖，然後製造出酸性物質，溶解牙齒中的鈣，造成蛀洞，這就是蛀牙。

怎樣才能預防蛀牙呢？

養成好習慣，平時少吃糖果、糕餅等含醣類的零食，或是吃完後立刻刷牙，飯後也記得刷牙，這樣就不容易蛀牙了。此外，均衡的飲食也很重要。例如大家熟知鈣和維他命D有助於牙齒與骨骼的強化，而麵包、五穀中的維他命B、蔬果中的維他命C，都是健康牙肉的必要元素。

為什麼要定期看牙醫呢？不是牙痛才要去嗎？

許多口腔疾病如蛀牙、口腔癌等，初期都沒有徵兆，但牙醫師卻能診斷出來，並及早治療。所謂的「定期」，差不多是六個月到一年，不必太密集。牙醫師可以爲我們洗牙或塗氟化物，預防口腔疾病。

陳家恩談脊骨保健

一場車禍，改變了我的一生

（李美綾）

陳家恩，台灣出生，美國成長，年輕時在一場嚴重的車禍中大難不死，頓悟人生意義，也因為受傷復健的經驗，立志鑽研脊骨神經醫學，救治病患。在美國加州洛杉磯脊骨神經專科醫學院取得博士學位，專治頭頸腰背痛、椎間盤突出狹窄、五十肩手腳麻痺、脊椎側彎等，著有《肩頸腰背痛、骨刺、五十肩、電腦手：向疼痛說不》（如何出版）。

您曾出過一次嚴重的車禍，可否說說那次的經驗？

我是「小留學生」，小學還沒畢業就離開台灣，到美國求學。一九八二年大學時期，有一天晚上在洛杉磯的高速公路上發生了一次嚴重的車禍。那天下著毛毛雨，視線很不清楚，當我發現有一部汽車迎面逆駛而來，已經來不及閃開了。兩部車頓時撞得稀爛，我的頭撞向擋風玻璃（當時沒有規定要繫安全帶）。

我還記得當時飄到半空中，從空中俯視受傷的自己，而且在短短幾秒之間，將過往的人生回溯了一次。我感覺到自己的人生空空洞洞，一個念頭湧出：我的人生不只是這樣！我還不想死，還有很多事情沒有做！就是那樣的意念把我重新拉回這個世界。

我摸摸自己，發現頭上、臉上都是碎玻璃，好像流了很多血，而且眼睛看不見了！我被送進醫院開刀治療，頭上、眼睛附近、下巴各縫了十幾針。兩個禮拜後，拆掉眼睛的紗布，看到的卻是模糊重疊的影像，頭痛、身體不能動，只好休學，每天到醫院做復健。幸運的是，我有個鄰居是脊骨神經科醫師，他看到我的樣子，很熱心的來詢問，並在下班後幫我做復健。就這樣，經過了兩年，終於恢復正常。

那次的車禍，對您的影響是什麼？

我是十一月出的車禍，一個月後站起來，就立刻到教會去受洗。其實我高中唸的是天主教學校，每天神父都會講道，但那時覺得沒什麼。神父曾告訴我，只要很用心的禱告，神蹟就會出現，所以有一次我便很虔誠的向上帝禱告了兩個小時：「您出現，我才相信您的存在。」

結果那天晚上有亮光從窗戶進來我的房間，我不知道那是什麼。本來我以為會有穿拖鞋、留鬍鬚的耶穌進來，但是沒有，只是很亮的亮光，感覺很舒服又很有威嚴。

隔天我告訴神父，我禱告了，但是耶穌沒有出現，只看到一團亮光。神父翻開聖經給我看：上帝是以亮光的方式出現。我嚇了一跳。那時神父和修女為了此事，又唱歌又禱告，我卻沒有特別的感覺。

直到出了車禍，我才領悟到，神不但出現在我的面前，還救了我，所以我決定受洗爲基督徒，也發願此生要做些有用的事。我翻到自己小學二年級寫的日記，想起自己小時候曾立志要當醫生，救助生病的人，於是便轉唸醫科，攻讀脊骨神經科。

您曾提到「肌肉一旦受傷就是永久性的損壞」，這是怎麼一回事？

人的肌肉是不會再生的，你生下來有多少肌肉就有多少，不停的損壞，就會變少。如果肌肉受傷，例如扭傷、拉傷使肌肉纖維斷掉，就無法恢復。不過就算部分肌肉受損，還是可以訓練剩下的肌肉，增強它的功能。

人體的骨架是由肌肉撐起來的，有些人體力不好，其實是肌肉沒有力量，例如久坐不動，血液循環不好，肌肉萎縮了，才會腰痠背痛。

肌肉可藉由訓練來增強功能，只要多運動，讓肌肉有力，自然體力就會好，就會覺得有精神。每天快步走路三十分鐘，可訓練全身的肌肉。平時不要坐著太久，每五十分鐘起來活動一下，多補充水分，都可幫助血液循環。

近年來大家很關心「骨質疏鬆症」的問題，要如何預防呢？

許多人有個錯誤的觀念，認爲鈣太多會造成結石，如腎結石、膽結石，其實正好相反。有結石是因爲血中的鈣含量太少，身體從骨骼中將鈣吸取出來，使血中的鈣一下子過多，才蓄積在內臟中，造成結石。

鈣從骨骼中流失後，就會有骨質疏鬆的問題。爲了使體內保持足夠且適量的鈣，每天都要很穩定的攝取鈣，可以多吃綠色蔬菜、小魚、排骨湯，或吃鈣片。

男性比較不會有骨質疏鬆的問題，只要每天從飲食中攝取五百單位的鈣就夠了。女性的身體比較複雜，懷孕生產也會造成鈣質的流失，所以最好在三十歲之前，每天攝取約一千單位的鈣。但是光靠攝取鈣還不夠，必須多運動，讓身體更容易吸收鈣質。平時也要曬曬太陽，讓體內的維他命D有機會轉換爲鈣。

有健康才有希望

吃素是不是比較健康？
看起來漂亮的食物，為什麼反而要小心？
感冒拖了很久都沒好，是不是該去看醫生了……
藥房那麼多，買成藥來吃不是很方便嗎？
功課做不完，考試一大堆，我快煩死了！
我不是不想改掉壞習慣，可是真的很難改！
我跟好朋友鬧彆扭了，心情很鬱悶……

葷素不忌的謝師宴

吃葷、吃素都健康

爲了答謝老師三年來的辛勞，我們班上決定在畢業前夕邀請歷年來的導師聚餐。

「謝老師吃素，其他老師吃葷，這餐廳要怎麼訂？」班長在班會上詢問大家的意見。

「吃葷的人可以吃素，吃素的人卻不能吃葷，所以我建議訂素食餐廳。」因爲宗教信仰，從小就吃素的李大維發言。

「謝師宴要吃素？這哪叫吃大餐！」一餐沒肉就覺得吃不飽的蔡小虎站起來反對。

「素食很好吃啊，我贊成訂素食餐廳。」也是吃素的張小敏站起來附和。

大家你一言、我一語，爲了吃素吃葷議論不休。班長想出了折衷的建議：「我看這樣好了，我們就吃中式自助餐，這樣一來，隨便大家愛吃什麼，各點自己愛吃的。」

這個主意不論吃葷或吃素的同學都能接受。大家訂下聚餐的時間，請班長出面邀請老師。

走出教室，蔡小虎叫住李大維和張小敏，很好奇的問：「我實在不懂你們爲什麼吃素，選擇性那麼少，而且每次聚餐都很不方便。」

「我是因爲體質的關係，從小對海鮮過敏，全家爲了我也跟著肉類愈吃愈少，最後就變成吃素了。」張小敏說起自己吃素的緣由。

「吃素的好處很多啊，不會攝取過多脂肪和膽固醇，而且蔬菜水果富含維他命和纖維素，對身體很好。」李大維附和。

「可是這樣營養夠嗎？」蔡小虎很懷疑。

「素食者常見的問題是缺乏維生素B_{12}和動物性蛋白質。不過這些可以靠多吃黃豆糙米飯或含有相同營養素的食物來解決。」張小敏說。

「而且不是吃素的人才會有營養問題，」李大維對蔡小虎說：「就像你吃葷，雖然食物選擇比較多，可是如果只愛吃肉，不注意飲食均衡，也一樣會有營養缺乏的問題。我們家人很注意這些，加上我從小每天吃綜合維他命，所以覺得身體還不錯啦。」

「我們家吃『蛋奶素』，不禁吃蛋類和牛奶，所以也還好啦。」張小敏笑笑，補充了最後一句：「我覺得就像李大維說的，注意搭配各種營養素是一定要的啦。」

聚餐那天大家都出席了，蔡小虎被安排和謝老師同桌，心裡很不自在，偷偷問坐在隔壁的李大維和張小敏：「等一下我如果在老師面前點蜜汁火腿來吃，對你們吃素的人會不會不敬啊？」

沒想到這話被謝老師聽見了，他笑著說：「你盡量點沒關係。現在吃素的人愈來愈多，大家不需要另眼相待，應該學著互相輕鬆面對，這樣用餐才會愉快。」

「那，我就不客氣了。」蔡小虎拿起菜單，一下子點了五道肉食。謝老師也點了素食。

邊吃邊聊，謝老師說到自己吃素的原因：「我有一陣子學瑜伽，老師要我們配合瑜伽每月斷食兩天，平常則吃素，我試行一段時間後，覺得精神變得很好，就這樣開始吃素。」

「可是您不覺得素食沒什麼好吃的嗎？」蔡小虎又把老問題再問一次。

「不會啊，我覺得很好吃！」李大維替老師回答，同時夾起腰果炒青菜雜燴往嘴裡塞。

「可是啊，我還是覺得肉比較好吃！」蔡小虎也夾起蜜汁火腿，大口的往嘴裡塞。

謝老師看著他們，大笑說：「都好吃，都好吃！今天不管吃葷或吃素，最重要的是，要把菜吃光光！」。

（戴淑珍）

素食和葷食的人一起吃飯，真的不會彆扭嗎？

就像謝老師說的，現在吃素的人愈來愈多了，不論你是吃素或吃葷，要學著用開放的心和他人一起用餐。只要你不覺得彆扭，別人自然也會跟著放輕鬆了。

我覺得李大維說的有道理，即使葷食者也要注意營養素的均衡。

是啊！不論吃素還是吃葷，都要注意各類食物的營養成分，攝取均衡的營養素。要是再加上適度的運動，就更健康了！

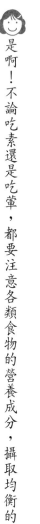

和小叔逛超市

破解食物色香味的迷思

小叔雖然在餐館當廚師，我們卻少有機會吃他煮的佳餚，因為他太忙了。這個週末小叔休假，加上我生日，他說要煮一頓好料請大家，不過要我當二廚。這有什麼困難呢？我一口就答應了。

「我們到超市去看看吧！」小叔要我陪他去買菜。

「你打算煮什麼呢？小叔。」到了超市，我很好奇的問。

「你是壽星，讓你決定好了。」小叔回答。

「那我們先買肉囉？」我拉著推車很興奮，希望自己也能幫上一點忙。

不過到了生鮮食品部門，小叔卻左挑右選，一副舉棋不定的樣子。我拿起一盒新鮮蝦仁建議：「小叔你看，這蝦仁又大又紅很不錯耶！」

「這蝦頭這麼紅，我怕加了保色劑。」小叔若有所思的說。

「什麼是保色劑？」

「就是人工添加物，可以讓肉類保持原來的顏色。」

「新鮮的蝦子也會加人工添加物？我以爲只有五顏六色的糖果裡才有！」

「爲了賣相好，不只蝦子，許多食物都含有添加物。比如蓮子、木耳加上漂白劑，防止變褐色；鮮紅色的肉製品添加保色劑；菠菜麵、翠果子爲了強調營養成分添加人工色素；乾貨裡添加抗氧化劑。」

「所以有紅有綠的蔬菜麵，不見得全是綠色蔬菜和紅蘿蔔原來的顏色囉？」我很好奇。

「那是人工色素，不會全是蔬菜的原色，所以裡面的營養價值並沒有你想像的那麼高。」小叔說著，繼續往前逛。經過冷凍櫃，我看見了我最愛吃的草莓冰淇淋。

「那……草莓冰淇淋呢？」

「也一樣，顏色愈鮮豔的，色素愈多，而且還添加人工香味。」

「香味也用人工的啊？」我驚訝得張大嘴巴。

「這樣的食物很多啊！例如水果口味的冰淇淋和果醬、優酪乳，加入人工香味會讓你誤以爲眞的吃進許多水果成分。」

「那我可花了不少冤枉錢，還以爲吃進了豐富的維他命C。」

「花錢不要緊，營養均衡和身體健康最重要。」小叔拿起一個醃漬罐頭指給我看：「像這些罐頭，雖然添加的是可食用防腐劑，用量也在安全範圍內，不會有立即危害，可是積少成多，累積到一定劑量，而你的免疫力又不夠好時，就有可能生病。」

「原來學問這麼多。」我對自己的眼光不大有把握了：「我看……這頓生日大餐還是由你來決定菜色吧！」

雖然今天沒有幫到什麼忙，不過我卻收穫豐富，因爲我終於了解食物還是「天然的最好」，不必要的色香味不但浪費錢，吃不到營養，還可能危害身體健康呢！

（戴淑珍）

哇，大部分的食物都有人工添加物耶，那我們該吃什麼呢？

現代人幾乎很難吃到沒有人工添加物的食品。我們能做的，也只有對食物更加警覺，提醒自己不要被食物的色香味所迷惑。守法的食品商會在包裝上標示人工添加物的成分，例如食用色素、抗氧化劑。

還要看成分標示，好麻煩哦。

雖然麻煩，但是很重要，從包裝說明可以得到許多重要訊息，例如成分和製造日期，藉此看出食物新不新鮮，看看我們花的錢究竟買到了什麼、吃進了什麼。

要是沒有包裝或沒有標示，那不就看不出來了？

所以要多花一點心思，不要隨便買來路不明的食品。顏色、味道或香味不自然的食物，例如太白、太鮮豔的，就算嘴饞也要盡量少吃！

胸口的大石頭

留意身體發出的警告

豔陽高掛在一片藍天中，顯得格外溫暖，即使在冬天的早晨來爬山，一點也不覺得冷。

小杰一家人一早就備妥了茶水點心，難得大好晴天，一起來山上走走，連平時很少出門活動的爺爺也來健行了。

「天氣眞好啊！整個人精神都來了！小杰，平常這時候你都還躲在被窩裡睡覺呢！」爸爸一邊說著，一邊拿起望遠鏡，看著遠處的飛鳥振翅翱翔。

「你看那些飛鳥，行動多敏捷！」爸爸把望遠鏡遞給小杰。

「是啊！飛得好快！」小杰用望遠鏡追蹤著飛鳥。

說著，卻看到爺爺已經走得氣喘如牛，坐在大石頭上休息了。

「爺爺，你還好吧？」小杰看爺爺臉色發青。

「我覺得……胸口很緊，好像有千斤大石頭壓著，全身動彈不得……」爺爺一邊說著，一邊喘氣，斗大的汗珠從額頭滴了下來，連手臂也濕了。

「爸，爺爺不舒服，我們送他回家休息吧。」小杰有些擔心。

「沒關係啦！我休息一下就好了，人老了，就像舊機器轉動不順暢。坐坐就好了。更何況還有這麼美的景色，欣賞欣賞吧！」

爺爺平時就是很樂觀的人，凡事總往好的方面想，即使自己身體不舒服，也很少提出來。

可是，事情的發生總是有前兆的，就像下雨之前會出現厚厚的雲層。

「好些了，我們繼續往前走吧！」爺爺不想讓大家擔心他。不過小杰的爸爸堅持要帶他回去看醫生。爸爸陪爺爺到醫院做檢查，小杰跟著去。

「自己的身體與我們時時刻刻連在一起，當它開始出問題時，會發出警告信號。」醫生向他們解釋，「就像車子儀表板上的警示燈，燈亮了就表示車子的系統有異常狀況，要提醒你注意！」

「那我父親的狀況怎麼樣？」小杰的爸爸擔心的問醫生。

「他的問題出在心臟，是狹心症。心臟本身需要足夠的血流供應，才能正常跳動。供應心臟的血管如果變狹窄了，當他提重物、運動或爬山時，就會出現胸口疼痛、壓迫感、喘不過氣來的感覺。」

「平常不會有感覺嗎？」小杰的爸爸追問：「我從來沒聽過我父親抱怨身體不舒服。」

「剛剛老先生告訴我，他在家裡有時會覺得胸口疼痛，尤其在冬天、爬樓梯的時候。不過因為一下子就過去了，他也就不在意。」醫生繼續說：「身體各部位的器官正常運轉時，身體就健康。如果出現平時沒有的症狀，應該要特別注意。」

「醫生伯伯，要注意些什麼啊？」小杰很好奇。

「當你感覺身上某個部位疼痛，例如頭痛、肚子痛、胸痛、關節痛；或者你感覺不舒服，例如全身無力、疲倦、沒有胃口、吃不下飯、失眠睡不好、精神不能集中、情緒不穩定等……這都代表身體健康出了問題。」

「那我每次大考之前都會肚子痛，是不是我肚子有問題？」

「嗯，除了器官出問題外，精神的壓力或傷害也會造成身體的不適。當你感覺身體不對勁時，就需要醫療的幫助了。」

「大概我太怕考試了，所以才鬧肚子疼。」小杰這才發現，一些身體不適的症狀或小毛病，其實正是身體發出的警訊呢！

（莫非）

小杰的爺爺不是說，胸口疼痛，休息一下就好了嗎？

就是因爲症狀短暫，才容易被忽略，而這也正是狹心症的特點。能夠留意到這個輕微的警訊，才有機會尋求合適的醫療。

我們年輕人不容易生病啦！就算不舒服，也是過幾天就好了。

年輕人的復原能力的確比較快，對小病、小痛比較不在意。不過多吸收正確的醫藥常識，養成對身體症狀的敏感度，不但能維護自己的健康，也更能關心到身邊的親友啊！

不只是感冒而已

小病莫大意，及早就醫

上學時間到了，文儀還賴在床上。

她聽到媽媽在樓下催她，因爲快要來不及上學了。但是她連回應的力氣都沒有，只覺得全身軟趴趴的，稍微挪動身子，連筋骨都痛了。

「怎麼啦？」媽媽發現沒動靜，進來房間看看。

「我的喉嚨好痛，頭也痛，全身無力，起不來。」說完，全身顫抖。媽媽一摸她額頭，燙得像一杯熱牛奶。

「哎，文儀妳發燒了。媽媽帶妳去看醫生。」

「我走不動，不要去了。一定是跟上次一樣，感冒引起的發燒。在家休息，多喝水就好了。」

「說沒力氣，說起話來還有條不紊的，好像妳就是醫生。」媽媽扶起文儀來，幫她換衣服。

文儀已經沒什麼力氣再回辯了，任憑媽媽帶著出門。

「等一下，先戴口罩再出門，免得把病菌傳給別人。媽，妳也要戴哦！」迷迷糊糊之中，文儀還記得戴口罩這回事。

到了醫院，醫生幫文儀檢查之後，說明病情：「妳得的是急性扁桃腺發炎，兩邊的扁桃腺都腫得很大，外表還有些化膿的現象。」

「不是感冒而已嗎？」媽媽驚訝的問醫生。

「急性扁桃腺發炎比感冒還嚴重，而且已經開始化膿了，需要服用抗生素才能壓制細菌在扁桃腺內繼續繁殖。」

「細菌？跟常見的感冒病毒不一樣嗎？」文儀問。

「一般的感冒，大部分是由病毒引起，只要多休息、多喝水，三到五天就好了。」醫生耐心的解釋：「但是急性扁桃腺炎需要藥物治療。如果發炎情況持續惡化，有可能整個扁桃腺都化膿，有時還會引起其他的併發症，像肺炎、敗血症等。」

「文儀，還好我帶妳來看醫生，要不然還自己認爲是感冒而已。」媽媽對虛弱的文儀說著。

「有很多疾病表現的症狀，如頭痛、咳嗽、喉嚨痛、發燒、全身無力，都很像感冒，像文儀的急性扁桃腺炎，以及登革熱、痲疹、肺炎等都是，必須由醫生檢查過後，才可以確定診斷，得到適當的治療。」

「原來如此！感冒眞的不能隨便買藥來吃，以免延誤病情，害了自己。」媽媽說。

「我的病這麼嚴重，要是回家後又開始發燒了怎麼辦？」虛弱的文儀，擔心後續的變化。

「我幫妳開了退燒藥，要是量耳溫超過三十八度，就可以服用。也可以用冰枕枕頭，或把冰毛巾放在額頭或頸部兩側冰敷，幫助退燒。」

「爲什麼不能自己買退燒藥或其他成藥來吃呢？」文儀覺得去藥房買退燒藥比較方便，這樣就不必來掛號看醫生了。

「沒有經過醫生檢查就使用退燒藥，有時會延誤病情。而且有些疾病服用退燒藥，反而對身體有害。像每隔一段時間就會流行的流行性感冒，病情比一般的感冒還嚴重，千萬不要自己下診斷，以爲自己得的只是感冒而已。」

「難怪老師說要注射流感疫苗，以預防流行性感冒的傳染。」文儀記得老師上課曾經提過這個。

「沒錯。不過並不是每個人都需要注射疫苗。六十五歲以上、患有慢性疾病，如心臟病、糖尿病、慢性肺病的老人家，因爲抵抗力較弱，才需要注射流感疫苗。」

「那我們回家後還要注意哪些事情？」媽媽畢竟最關心怎麼照顧孩子。

「讓文儀多休息、多喝水，不要去人多且空氣不流通的地方。還有，記得戴口罩。」

原來，感冒不只是感冒而已，還有可能是其他的疾病呢！（莫非）

自從ＳＡＲＳ出現過後，班上只要有同學感冒，大家都會提醒戴口罩。

這樣很好啊！戴上口罩，才不會把病菌傳染給別人。還有，如果體溫超過三十八度，最好在家休息，不要「趴趴走」。

不過我覺得流鼻水、咳嗽、喉嚨痛的症狀很常見，如果每次都要去看醫生，實在很麻煩。

這些不舒服的症狀不一定是普通的感冒，很可能是某些疾病的前兆，如果能及早就醫診斷，就可以及早治療。別忘了，自作主張亂用藥物，到最後受苦的還是自己哦！

冒牌家庭醫生

服藥莫自作主張

「哈啾！哈啾！」小秋摀著口鼻，不停打著噴嚏。

「怎麼啦？是不是感冒了？」媽媽心疼的看著小秋，爸爸則趕忙從抽屜裡拿出一包藥丸，拿一顆給小秋，說：「吃下這顆藥，很快就會好了。」

「這是什麼藥啊？」媽媽一臉疑惑。

「這是我上次感冒吃剩的藥，還滿有效的。」爸爸說。

媽媽雖然半信半疑，但看爸爸說得這麼篤定，心想不過是個小感冒，應該不需要到醫院看病吧，於是倒了一杯溫開水，讓小秋吃下這顆藥丸，然後要小秋上床睡覺。

第二天一早，小秋的感冒果然好了！媽媽送她去上學，一路上還叮囑她要注意保暖，到室外就要穿上外套，以免又著涼感冒。

也不知道是小秋忘了媽媽的叮嚀，還是感冒根本沒有好，下午放學回家後，她又開始不停打噴嚏，而且直喊著頭暈、想睡覺。

「再吃一顆藥看看吧！」媽媽拿出昨晚給小秋吃的藥丸。

小秋吃了藥後，症狀似乎好轉許多，不再一直打噴嚏了。可是過了一、兩個小時，媽媽發現小秋開始發高燒，而且直喊著想吐、想拉肚子。

「怎麼會這樣呢？難道是因爲那顆藥丸的關係？」媽媽趕緊帶著小秋及那包藥丸，到附近張醫生的診所掛急診。

張醫生替小秋看診，又聽了媽媽的說明，再看看她帶來的那包藥丸。

「你們怎麼會給孩子吃這個呢？」張醫生接著說：「這是不是你們自己吃剩的啊？這種藥丸的劑量太高，不能給小孩子吃的。」

媽媽解釋：「我們以爲只是感冒，吃以前留下的感冒藥就會好了。」

「每一種藥的成分、劑量不同，不能隨便吃。」張醫生好像見過很多類似的例子，又說：「而且藥物有保存期限，妳的這些藥丸是散裝的，沒有標示有效日期，說不定早就過期了。」張醫生開了三天藥給小秋，囑咐媽媽讓她三餐飯後服用。小秋回家，吃過張醫生開的藥，兩天後，果然好多了。

「媽，藥好苦哦！我不要吃了。」小秋覺得自己已經好了，不想再吃藥。媽媽想想也對，藥吃多了對身體不好，乾脆不要吃了。

沒想到過了一天，小秋又開始打噴嚏，而且還有點喉嚨痛。媽媽不敢再隨便拿藥給她吃，於是又帶她去看張醫生。

「小秋本來好多了，可是不知怎麼又感冒了。」媽媽向醫生報告。

「有沒有按時吃藥呢？」張醫生問道。

「藥吃了兩天，小秋好多了，所以就沒有再吃。」媽媽說：「感冒的症狀都消失了，藥吃多不是對身體不好嗎？」

「治病有完整的療程，藥一定要按時服用，並且服用完畢。擅自改變服藥時間或任意停藥，使療程不完整，容易導致抗藥性，感冒就更難治了。」

「我沒想到會那麼嚴重。」媽媽不好意思的說。

「你們自己亂服成藥，又不按照醫師指示用藥，好像自己就是醫生。等病情加重了才來求救，這樣就算是名醫也治不好你們啊！」

媽媽尷尬的笑了笑，心裡想，回去要告訴爸爸，不管大病小病，還是要聽醫生的話，別再拿自己及家人的健康開玩笑了。

（吳立萍）

每一次感冒看醫生，開的藥好像都差不多嘛，為什麼不能拿以前吃剩的藥去藥房配嗎？

醫生會根據每個人的體質及每次的症狀開立處方，不見得每次都一樣；即使有時候開同樣的藥，也可能會有不同的劑量及服用方式。我們不是專業醫生，無法做出正確的判斷。

可是一有小病就去看醫生，好麻煩哦！

藥物雖然可以治病，但若使用不當，反而會成爲戕害人體的毒藥。身體是要用一輩子的，不要因爲怕麻煩而不去看醫生，更不要自作主張當起「家庭醫生」，一旦把小病拖成大病，可就後悔莫及了。

世上沒有萬靈丹

亂服成藥，風險難以估計

天氣轉涼了，原本就年老體弱的阿嬤經不起風寒，又開始咳嗽了。

「媽！我帶妳去看醫生。」母親叮嚀阿嬤。

「不必看醫生啦！」阿嬤不肯去，「我已經有藥了。」

「妳哪兒來的藥？」母親覺得不對勁。

「你們全家都上班、上學去了，我閒著無聊就聽電台廣播，主持人有賣藥呢！都是我們老人家需要的。很方便，打個電話就送來，而且功效特別好。」

「媽，藥是不能這樣買賣的。每種藥都必須經過醫療主管機關的審核通過，而且還要有醫師診斷，才可以開藥給病人服用。妳不是醫生，藥不能隨便亂吃啦！」

「那妳也不是醫生啊！」阿嬤顯然很不服氣，「而且，主持人說這個藥的功效好得不得了，不但可以治頭痛、關節痠痛、多年咳嗽，還可以通血路、增加食慾、增強體力呢！」

「世界上哪有這麼好的藥？有的話，早就得諾貝爾獎了！藥在哪兒？快讓我看看。」

「我吃了好幾個禮拜都沒事……」阿嬤嘟噥著，走進她房間，打開抽屜，正要把藥拿出來時，母親已前腳跟著後腳進來了。她看到阿嬤滿抽屜都是藥，瓶瓶罐罐，五顏六色，眞是嚇了一大跳。

「哎呀！瓶瓶罐罐，平平安安嘛！我年紀大了，沒什麼體力做事，只能吃藥補身囉！」母親聽了，心裡一陣辛酸。從小，媽省吃儉用撫養她和弟弟、妹妹長大，現在身體不舒服，卻靠著來路不明的藥物治病。

「媽！這種黑藥丸，好像就是報章雜誌曾經報導過的『美國仙丹』。吃多了，臉會腫得像月亮，腳也會腫得像麵龜。」母親好意的警告。

阿嬤仍然聽不進去，也不去看醫生，直到後來連續咳了好幾天，咳出鮮血來，才把她們母女嚇壞了。

「快！我們趕快到醫院去！」這次阿嬤終於肯聽話了。

經過醫生檢查，阿嬤因爲吃了過多的黑藥丸，裡面含有類固醇，導致一連串的副作用。

「老阿嬤因爲服了過多的黑藥丸，造成胃出血，腎功能也受損了，另外還有骨質疏鬆的現象。」醫生問母親：「妳不知道她平常在服用這些藥嗎？」

母親愧疚的搖了搖頭。

「其實類固醇可以用來治療很多疾病，例如風濕性關節炎、紅斑性狼瘡，可是也有很多的副作用，有時嚴重到會造成另一種疾病，例如老阿嬤現在的胃出血。有些併發症太嚴重的話還會致命。」醫生說。

「我早就勸過我媽了，但是她都不聽，寧可向電台節目買藥，也不願意來醫院看醫生。」

「現在藥物取得太容易了，沒有經過醫療專業人員的建議就貿然服用，後果不堪設想。」醫生搖了搖頭。

母親想到自己也曾經聽信街坊鄰居的介紹，買來路不明的藥來吃，心中又驚又愧。

（莫非）

許多藥物都有副作用，例如有些感冒藥吃了會想睡覺、注意力不集中。

我們怎麼知道藥物有哪些副作用呢？

藥物的作用是非常複雜的，對身體的影響很大，藥物的副作用更是專業的問題，我們一般人不容易了解，所以必須由醫師幫我們開立處方，才能服藥。

另外，並不是每種藥在每個人身上都會有同樣的副作用。生病服藥期間，要注意自己身體的變化，如果發現過敏或身體不適，應該停藥，並向醫生求助。

老人家好像比較會亂吃藥，勸他們也沒用。

其實對藥物的迷信和亂信，跟個人的教育、認知有關，不分年齡。像現在有很多人想減肥，就尋找各種偏方，例如廣告推銷的藥丸、藥粉或減

Am
保肝丸

肥茶，可是消費者對這些藥的成分和副作用卻一無所知，吃了再說，這不是很危險嗎？

還有不少人因爲吃了止痛藥或治關節痠痛的藥物，引起胃出血、腎臟功能變差，較嚴重者會導致腎衰竭，而必須接受洗腎治療。

哇，這個代價真是太高了！

是啊！成分標示不明的藥物吃進肚子裡，後果難以想像。就算介紹你吃藥的是電台名主持人或熟識的親友，一旦吃出毛病，他們能負責嗎？

喘不過氣的阿楚

特殊體質更要注重保健

阿楚從小就有氣喘，每到冬天，經常會有呼吸困難、喘不過氣來的感覺。尤其在上體育課跑步的時候，常常跑不到幾步，就覺得胸口緊繃，好像吸不到氣。整個人都快昏倒了。

這天醒來時，阿楚已在醫院急診室，臉上掛著氧氣面罩。

「啊！你醒來了！覺得舒服些了嗎？」護士一邊量他的體溫，一邊問他：「你知道自己有氣喘嗎？」

阿楚點了點頭。

「那你要好好照顧自己，盡量別讓氣喘發作，免得家人、老師、同學替你擔心。」

「我不知道這次為什麼會發作。」阿楚拿下氧氣面罩。

「有百分之四十至九十有氣喘的兒童，在劇烈運動後，會發生『運動誘發型氣喘』。」

此時阿楚的媽媽幫他掛完號，走了過來。

「黃媽媽妳來得正好，我正要教妳兒子一些氣喘的保健常識。要不要一起來聽？」

「好啊！我平常也很留意這些。」媽媽說。

護士拿了一本小冊子給媽媽，媽媽打開來看，上面列出了預防氣喘發作的要點。

「這些我都聽過。」媽媽一一唸出來給阿楚聽：

1. 保持居家環境整潔，避免塵蟎生長。
2. 被單、枕頭套要經常清洗，或改用尼龍製品。
3. 經常清洗除濕機、冷氣機的濾網。
4. 保持環境乾燥。

「塵蟎是一種蟲嗎？」阿楚問。

「塵蟎是台灣最常見的過敏原，靠著吃人或動物的皮屑、指甲及毛髮而生存，通常生長在床褥、枕頭、地毯、衣服、有毛的玩具或厚重的窗簾等處。所以平時要保持這些物品的整潔。」護士很有條理的解釋著。

「那妳剛才提到的運動型氣喘呢？」阿楚想起來。

「是『運動誘發型氣喘』。」護士說：「運動誘發型氣喘通常在劇烈運動的六到八分鐘後會出現咳嗽、呼吸喘鳴聲等氣喘症狀。」

「那要怎麼預防？」媽媽說。

「平時要留意自己的氣喘病情，狀況不好的話，上體育課時要先向老師報告，在旁休息。如果參加了運動，也要時時注意身體狀況。」

「注意些什麼？」阿楚問。

「開始運動的六到八分鐘後，要是感覺不舒服，就要停止運動，立刻使用吸入型『短效支氣管擴張劑』二到四下，可以舒張呼吸道的肌肉，使呼吸順暢。」護士從急救車上拿出一瓶類似的藥瓶給阿楚看。「這就是你平常帶在身邊的氣喘急救藥。」

「對，就是這種藥！」阿楚認出來了。

「還有，家長應跟體育老師溝通，如果孩子發生氣喘症狀，必須停止活動，不要誤會學生想偷懶。」護士說。

「既然運動容易引發氣喘，乾脆不要上體育課了。」媽媽很擔心阿楚氣喘突然發作。

「其實可以選擇適合氣喘兒童的運動。原則上以有間歇性休息的運動為佳，例如游泳。不過運動前要先做十五分鐘暖身或伸展運動，這樣往後三個小時內就不容易誘發氣喘症狀。」

「要是沒時間做那麼久的暖身運動呢？」阿楚問。

「可以使用預防性藥物，在運動前數分鐘吸入『短效支氣管擴張劑』。」護士補充說：「也可以在運動前三十至六十分鐘使用吸入型『長效支氣管擴張劑』，效果能維持九小時以上。不過，這都要事先請醫師幫你選擇藥物及調整劑量。」

「謝謝！我以後會更注意預防保健。」阿楚覺得呼吸順暢多了，也對未來的健康更有信心。

（莫非）

我們班上有個同學有氣喘，會不會傳染給我啊？

氣喘不是傳染病，而是一種慢性的肺疾病。病人的呼吸道非常敏感，吸入含刺激性物質的空氣時，會造成呼吸道發炎、呼吸道變窄，引發胸悶、咳嗽、呼吸鳴喘、呼吸困難等症狀。氣喘沒有發作時，病人跟正常人沒什麼兩樣，可是一旦發作，可能因缺氧而要了命。

像我同學這樣，豈不是隨時有生命危險？

只要留意自己的身體狀況，注意保健，有氣喘的人也可以過正常的生活，但是有些氣喘患者會因爲害怕氣喘發作而不喜歡運動，我們應該支持他，讓他有信心。

媽媽的煩惱

調適壓力，從容過生活

自從敏惠升上國一，媽媽的煩惱就開始了。

敏光和敏惠是王家的兩兄妹，敏光讀國三，敏惠讀國一。他們兩個從小活潑可愛，沒想到上了國中，兩個人都變了樣子。

敏光體型高大，喜歡運動，國一、國二時，他常常在放學後到操場打球。然而升國三之後，那些一起打球的玩伴都不見了，一放學，有的趕去補習班補習，有的乖乖回家做功課。

「國三的生活眞無趣！」有一天兩兄妹一起走路回家，敏光抱怨說。

「國一也好不到哪裡去。」敏惠跟著抱怨。

雖然從小學升上國中只隔了一個暑假，國中的生活卻很不一樣，最大的不同就是科目變多，大小考的次數也增加了。爲了應付考試，敏惠幾乎每天讀書到半夜，假日也不放鬆，以前天天在彈的鋼琴，現在也沒時間碰了。

第一次段考快到了，緊張的敏惠一放學就鑽進房裡溫習功課，而且常常讀到半夜一、兩點，爸媽看不過去，三催四請之後，她才肯上床睡覺。

上床也沒用，敏惠在床上昏昏沉沉之間，夢到考試寫不完，老師要收卷了。一驚，醒過來，發現鬧鐘正在響。她拖著疲倦的身子起床，背起沉重的書包，拎著媽媽做的早餐和便當，又開始一天的「奮鬥」。

「哎，何必那麼用功！」敏光覺得妹妹眞是自討苦吃，他才不要當考試的奴隸呢！

敏光覺得上學一整天已經很辛苦了，回家應該放輕鬆，所以他一定先打開電腦玩遊戲，一邊玩，一邊吃零食。沉浸在電玩世界，就可以忘掉考試的煩惱啦！

「光光，該溫習功課了，明天不是要考試嗎？」媽媽忍不住提醒他。

「好啦好啦！」敏光很不情願的關上電腦，「別再叨叨唸了，眞煩！」

段考的結果，敏惠的成績很不理想，拿到成績單時，她難過得哭了。

「本來應該考很好的。要不是考試那天拉肚子、全身沒力，我也不會看錯

LESSON
國文
數
ABC

題目。」敏惠委屈的說。

敏光的成績更慘，有三科紅字。

「慘了，回家一定會挨罵……」他心裡懊惱，又擔心被爸媽責罵，回家後絕口不提成績單的事，立刻打開電腦玩電玩，拿出零食來吃。

媽媽看在眼裡，心裡有數，卻不知道該怎麼做：敏惠爲了考試不吃不睡，還常常抱怨頭昏和拉肚子，原本甜美的笑容和紅潤的臉頰，統統消失了，看了教人心疼；敏光好像放棄讀書了，每天打電玩，又不停的吃東西，看他愈來愈胖，想勸他，又擔心他發脾氣。

「哎，壓力大的時候，連成人都受不了，何況是孩子呢？」爸爸和媽媽討論過後，決定先跟敏光、敏惠溝通，讓他們知道讀書只要盡力就好，因爲健康和成績一樣重要。他們也在週末假日安排戶外活動，帶敏光和敏惠接觸大自然，舒活筋骨。

剛開始找敏光和敏惠出門，他們兩個還老大不願意，一個說玩電玩比較有意思，一個說要在家溫習功課。不過到了郊外，他們打打鬧鬧，暫時忘記課業的煩惱，心情也漸漸開朗起來了。

（吳嘉玲）

敏光和敏惠到底怎麼啦？

他們升上國中，課業負擔加重，心裡的壓力增加了，敏惠變得容易緊張、焦慮，敏光則選擇逃避課業的壓力，用打電玩和吃東西來紓解煩躁的心情。

考試多的時候，真的好煩哦！

考試變多，一定會讓人緊張、煩惱，但是過度焦慮或逃避現實，是不能有效解除壓力的。最好想辦法調適，例如訂定讀書計畫來提高效率，或把標準降低一點點，不要逼得自己喘不過氣，也可以找師長或朋友幫忙和分享。

姊姊相親記

不讓壞習慣當跟班

從下午開始，媽媽和姊姊就忙進忙出。先去美容院做頭髮，回家後又在房裡對著鏡子塗塗抹抹。我很好奇，爲什麼女生喜歡在臉蛋塗上五顏六色？

「今晚你姊要相親，所以打扮得漂亮一點。」媽媽說。

「媽，又不是妳相親，爲什麼妳也要弄得像唱平劇的？」

「小莫，你怎麼說媽咪畫的是平劇臉？是好看還是不好看？」媽媽有些急了，花了那麼多時間怎麼得到兒子這樣的評語？

「弟，參加正式場合，化點妝把自己弄得好看一些，是對自己的重視，也是對別人的尊重。」姊說的好像有理。「對了，小莫，你乾脆跟我們一起去吧！順便幫我看看那男生好不好，給我些意見。」其實我也覺得很新鮮，就義不容辭的當「電燈泡」吧！

人到齊之後，大家相互介紹，然後請餐廳準備上菜。這時，男主角從口袋裡掏出一包東西來。這麼快就要送禮了？不是的，原來是一包菸。

「各位失陪一下。」男主角帶著笑容站起來，拿著菸往門口走去。我看到姊姊正對媽媽使眼色。

「原來正浩吸菸啊？」媽媽對男主角的父親說。

「嗯，是啊，好幾年了，叫他戒也不肯。」那位伯伯有點尷尬。

過了幾分鐘，開始上菜了，正浩哥哥也回來坐下。

「正浩，你吸菸多久了？」媽緊追著問。

「當兵的時候在部隊學會的。後來變成習慣，改不掉了。」

「小莫，你在學校有沒有跟同學學吸菸？」媽立刻轉問我。奇怪，今天的主角又不是我，怎麼問到我這兒來了？

「沒有啦！媽，妳放心，老師早就講過吸菸的壞處。」我說。

「那你就說來聽聽，讓大家知道一些常識也好。」姊也說話了。

「哦，我想想……吸菸的人容易得肺病、肺癌、心臟病，還有膀胱癌。」

我覺得自己好像在背課文，「而且吸二手菸的人也會被影響，容易得心臟病、肺癌之類的。」

「眞的嗎？自己不吸菸還會被吸菸的人害到？」姊姊說。

「所以現在很多場所都設有『吸菸區』和『非吸菸區』，這樣不吸菸的人才不會被影響。」我覺得姊姊太大驚小怪了。

「正浩啊，我看你人品不錯，又有正當穩定的工作，將來一定有很好的發展。」媽媽和氣的說：「可是吸菸不但影響自己的健康，對自己的家人以及下一代都沒有好處。」

「其實我也戒過，可是已經習慣了，不吸全身不自在。」正浩說。

「一開始就不要染上壞習慣是最好，但既然知道這是壞習慣，就更沒有必要一直保留它。」媽媽說的也沒錯。

「吸菸的人很多啊，有些人還不是長命百歲。」正浩說。

「我外公吸了四十幾年的菸，到最後整個肺都壞了，每次呼吸都很喘，連嘴唇都變黑黑的，後來還得進加護病房急救。」姊姊說。

「對啊，醫生從他的嘴巴插了一條管子到氣管，外面再連接呼吸器，幫助他呼吸。他連說話都不行。」我想起外公臨終前受病折磨的慘狀。

「以後我們交往，你會戒菸嗎？」姊問得眞直接。

「如果你眞的想戒菸，可以到醫院的胸腔內科，他們有戒菸特別門診，可以幫你。」媽媽給正浩具體的建議。

「好吧，我試試看。」

（莫非）

不管是好習慣或壞習慣，一旦養成，要改變都很費力。

很多事情剛開始的時候，只是覺得好玩嘛！

年輕人因爲好奇心強，喜歡嘗試新鮮事，這是很正常的。只是有些人嘗鮮之後，明知吸菸、吸毒並不好，卻沒有克制自己而養成了壞習慣。很遺憾的說，會被習慣控制的人，在內心深處是相信「自己沒有能力改變」的，也就是對自己沒有信心。

也許有些人覺得吸菸看起來很酷，所以不想戒掉。

做很酷的事，無非是希望讓別人羨慕、肯定，但如果爲了得到別人的認同和肯定而吸菸，那也算不上是眞的酷吧！

的確，當身邊的朋友都在吸菸，自己不跟著吸，會覺得很尷尬，因爲我們都想和朋友打成一片，不想變成特異份子。但如果覺得吸菸並不好，有自信的人是可以委婉拒絕的。只要對方是眞心的朋友，一定可以尊重我們的選擇。

一個人的籃球架

良好的人際關係有助身心健康

下課鐘一響，活潑好動的「F3」三個成員立即衝向籃球場，爲的是搶先攻下一個籃球架。當他們來到球場時，才發現所有的籃球架全被佔光了。其中有個位置只有一個矮個子單獨在練球。

「嘿！你是哪一班的？一個人打球太無聊了，我們一起練球，人多好玩，好不好？」安凱是「F3」之中最喜歡交新朋友的。

說起這「F3」的三個人，在班上可都是風雲人物，無論讀書、體育、課外活動都有很好的表現。其中的靈魂人物阿邦有領導能力，擅長畫圖、做壁報。至於阿傑，個子高，反應靈敏，球類運動他最行。

「一起打球好不好？」安凱見那矮個子沒反應，又問了一次，但對方仍然不理不睬。

「難道他沒聽見？還是不鳥我們？」安凱疑惑的走上前去，伸出手來，打算跟他握手介紹自己。這時矮子才注意到身邊站了三個人。

「一起打球，可以嗎？」安凱又重新問了一遍。

「哦？對不起！我沒注意到有人。我的聽力有些障礙，小時候發燒生病，好了以後，一邊耳朵聽不太到，經常錯過別人的招呼。」

「沒關係，原來你是隔壁班的。」阿邦看著他制服上的姓名學號，說：「李同學，既然是鄰居，那就一起打球囉！」

「可是明天下午體育課要考投籃，投二十次至少要進八次。我現在得加緊練習。」矮個兒顯得很緊張。

「平常沒有練習嗎？」阿傑問。

「我……我……」矮個子結結巴巴的說不清楚。

「沒關係，李同學你慢慢說。我們三個是好兄弟，同學們叫我們『F3』，如果你有事，我們可以幫忙。」阿邦拍拍他的肩膀，要他放鬆。

「是這樣的，我的聽力不好，有時聽不到別人打招呼，同學就認爲我很跩。其實我的個性內向，不懂得跟大家打成一片，所以經常覺得被排擠，每次上課分組，我總是落單。」

「難怪你一個人練習投籃。」阿傑說。

矮個子點點頭，繼續說：「我常常覺得很難過，吃不下飯。回到家，沒精神，一讀書就打瞌睡。書沒唸好，同學更不理我了。我不但心情不好，還經常頭痛、胃痛、全身無力，有時眞不想來學校。」

矮個子似乎從沒遇過對他這麼親切的人，看到「F3」這麼友善，把心底的話一股腦兒全說出來。

「就這樣而已？小case！很容易解決的！」阿邦很快就想出辦法來：「今天放學後，我們都回到這裡集合，一起練球。阿傑可以教你，他投籃神準的，明天你考試沒問題了。」

「眞的嗎？那就多謝了！」矮個子感激的說。

「李同學，我建議你找時間去輔導室，那裡的老師可以幫你。至於交朋友，就要請教我們的外交官安凱囉！」阿邦說。

「嗯，你回到班上後，先向座位四周的同學解釋，讓他們了解，是你的聽力造成大家溝通上的困難與誤解，請他們多諒解。」安凱說：「不過你要親

FRIEND

自走到對方面前，伸出你的手，誠懇的握住對方的手，看著對方的眼睛，表示你的誠意。」

阿傑接著說：「是啊，以後跟同學在路上碰見了，就算聽不到聲音，也要揮手致意哦！」

李同學聽了這番話，好像從夢中醒來，看見明亮的一天。

「這些溝通的問題解決了，事情就會有進展了！」阿邦很有信心的說：「不如先給你練習的機會，向我們三個人介紹你自己，一個一個來，做得好，以後我們稱爲『F4』。別忘了！先伸出你的手，向人問好。」

「開始了！來吧！」大家圍成一圈，忘記打籃球了。

（莫非）

無論讀書或工作，我們一個人是無法獨立完成的，與周圍的人保持良好的關係，能提升我們自己的表現。人際關係不好，不但讀書、工作不順利，也會影響心情和健康。

是啊，要是被同學排擠，真是難過得受不了，也不知道該怎麼辦才好。

同學排擠我們，可能是對我們有誤會，我們可以先踏出去一步，伸出手，表達我們的善意，這樣才有可能化解誤會，排除溝通的障礙。

堂娜談健身運動

我要對我的身體負責任

（李美綾）

堂娜，一九八六年進入演藝圈，因外型及氣質出衆，曾演出電視劇、電影及多部廣告。在當紅之際，一場車禍造成全身受創，雖以意志力支撐，繼續工作，卻又接連罹患甲狀腺失調及憂鬱症。為此，堂娜深入研究瑜伽，融合過去所學的動禪，發展出適合自己的瑜伽運動，使身體機能逐漸恢復。著有《漂亮．YOGA》、《漂亮身體，能量YOGA》（皆由如何出版）。

圖片提供／堂娜

您從小身體就不好？

我小時候有個外號叫「暈倒妹」，因爲我常常暈倒，有時走路走到一半就會暈過去。但是小時候很窮，從來沒有去檢查，這種症狀延續到現在。

我最大的問題是經常發高燒，這可能是因爲我在兩歲時，全身被滾水燙過，所以沒有抵抗力。我每週發燒一、兩次，都超過四十度，這要是換做一般人，腦子早就燒壞了。所以我母親常說，我能長大眞是奇蹟。

因爲身體不好，我爸爸叫我參加球隊鍛鍊身體。記得小學四年級，有一次練排球，在跳網的時候摔成腦震盪，當時正逢春節，我住院三天就回家過年了。我從小到大都這樣，常常病還沒好，就開始上學或工作。

為什麼車禍重傷一個月後就開始工作？

我的責任感很重，重心都放在工作和養家上，小病、小傷我都不在意，就算痛我也習慣了，絕不願因此給別人添麻煩或耽誤工作。記得我出車禍後的第一個念頭是：那我的工作怎麼辦？找誰來幫忙？車禍後一個月我就開始工作了，而且變得更忙！我那時覺得：我傷成這樣，還有這麼多工作可以做，眞是幸運。

但是我都沒有讓身體休息，一年後發現甲狀腺失調，出現了各種症狀，如月亮臉、大舌頭等。

是什麼理由令您選擇以「瑜伽」作為復健及保健的方式？

不管出車禍、甲狀腺失調、憂鬱症，都沒有讓我恐懼過，但是大約六年前，我發現我的身體會突然「停擺」，就是腦子好像「沒電」了一樣。別人看不出來，但我自己感覺得到。我發現自己上台時不記得歌詞，或是有時工作了五個小時，會突然像斷了電的機器人一樣，腦中沒有任何的意念。這種感覺很恐怖。

我這個人一向天不怕地不怕，遇到什麼事，去做就對了，可是這次意志力卻無法支撐我破損的身體，我開始擔心自己無法把工作做好。

所以我就開始找方法，最初想利用以前做的運動來改善：打動禪、游泳、走路。可是我發現連游泳、打動禪時我都很沮喪，好像求生意志沒有了。我覺得這樣不行，我的責任還這麼多，不可以放棄。於是我想到瑜伽。

我以前就練過瑜伽，但是出車禍之後，練瑜伽會很痛，所以就沒練了。我問我自己：練瑜伽一定要這麼痛嗎？有沒有辦法可以不要這麼痛？瑜伽是在靜態中調整身體的氣，動禪則是在動態中讓氣行走，我自己研究後，把瑜伽和動禪結合在一起，發現行得通，找到了更安全、更簡單、更適合自己的瑜伽動作。

身心的病痛最磨人，有些人甚至因此放棄自己，您認為是什麼樣的力量使您克服這些難關？

其實我出車禍後，就產生很嚴重的憂鬱症，但我自己不曉得，因爲憂鬱症的許多症狀我都沒有，唯一有的就是自殺的念頭，只不過強烈的責任感使我放不下父母，所以即使我很想死，還是不能死。

我覺得老天爺給了我三個很好的禮物，一是超凡的毅力，二是很強的樂觀，三是堅定的責任感，這讓我在很想了結自己的情況下，還是沒有去做。

這十年來，我習慣了自己的痛，甚至可以說不願意去感覺它。練了瑜伽之後，我才漸漸發現，原來我的骨頭破到這種程度，我以前真的沒感覺！現在我會去感覺它，不過我不會讓它影響我的生活及工作。

我需要一個內在的力量，在心神沮喪的時候，瑜伽可以幫助我。例如每天傍晚是最容易感到憂鬱的時刻，我就在這時候練瑜伽。

您的人生觀是什麼？

以前我對我的身體很壞，現在我要對我的身體負責任，讓它保持好的狀況，去感覺它改善的部分。如果連我這種「整組壞掉」的人都可以改善身體狀況，一般的人一定可以使自己更健康。

現在我想好好的修三個信仰，一是「感恩」，感謝老天爺在我身體這麼差的情況下都還讓我有戲可以演、有歌可以唱；二是「慈悲」，保持心很緩和、柔軟；三是「智慧」，有能力做最好的選擇。

以前我都沒有選擇，有什麼事情來了就去做，不問爲什麼，但現在我會去釐清「我要做的是什麼」。不是我決定要做的東西就不要強迫我，而一旦決定去做，我會告訴自己「Just do it. No complaint.」（做就對了，不必抱怨。）讓自己保持正面的想法，接受可以讓自己成長的挑戰，就會讓自己更好。

The Eurasian Publishing Group
圓神出版事業機構
用心與你對話・視野無限寬廣
圓神出版社
Eurasian Press

http://www.booklife.com.tw　inquiries@mail.eurasian.com.tw

說給我的孩子聽 06

面對人生的10堂課——身心健康

發 行 人／簡志忠
出 版 者／圓神出版社有限公司
地　　址／台北市南京東路四段 50 號 6 樓之1
電　　話／（02）2579-6600・2579-8800・2570-3939
傳　　真／（02）2579-0338・2577-3220・2570-3636
郵撥帳號／18598712　圓神出版社有限公司
副總編輯／陳秋月
主　　編／林慈敏
策　　劃／簡志忠
審　　定／張之傑
套書主編／李美綾
插　　畫／2D馬賽克
責任編輯／李美綾
校　　對／李美綾・丁文琪
美術編輯／劉婕榆
排　　版／陳采淇
印務統籌／林永潔
監　　印／高榮祥
總 經 銷／叩應有限公司
法律顧問／圓神出版事業機構法律顧問　蕭雄淋律師
印　　刷／龍岡彩色印刷
2005 年 5月　初版

定價 250 元
ISBN 986-133-069-0

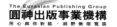

國家圖書館出版品預行編目資料

面對人生的10堂課．身心健康 / 林慈敏主編.
-- 初版. -- 臺北市 : 圓神, 2005[民94]
面； 公分. -- (說給我的孩子聽系列 ; 6)

ISBN 986-133-069-0 （精裝）

1. 親職教育 2. 父母與子女

528.21 94004317

請貼郵票

圓神出版事業機構 收

105 台北市南京東路四段50號6樓之一
Tel：02-25796600 Fax：02-25790338

對折黏貼後，即可直接郵寄

說給我的孩子聽系列　**面對人生的10堂課**

說給我的孩子聽系列　**面對人生的10堂課**